Olivia Toja

Le Nouveau Savoir-Vivre des paresseuses

•MARABOUT•

Sommaire

Avant-propos

Pourquoi ce guide va vous aider

Vous rêvez d'un monde sans contraintes ni obligations, où il suffit d'un sourire pour obtenir tout ce que vous voulez ?

Vous aimeriez pouvoir écouter votre instinct et dire clairement à cette peste de Caroline que son pantalon a beau être *top tendance*, il lui fait une croupe de charolaise ?

Vous voudriez qu'avec un simple « s'il vous plaît » votre patron vous signe une augmentation de 30 % et vous fasse livrer des fleurs tant qu'il y est ?

Atterrissez !

Il va bien falloir regarder les choses en face : pour vivre en société / en famille / au bureau, pour éviter que les relations humaines ne tournent au pugilat, pour ne pas frôler la guerre civile, il faut fournir un minimum d'efforts, accepter les règles du jeu et faire tout un tas de choses que l'on n'a vraiment, mais vraiment pas envie de faire.

Comme :

- Ne pas dire ce que l'on pense à son chef de service
- Ne pas filer directement à son rendez-vous avec les clients coréens en sortant d'une soirée « mousse » au *Queen*
- Être aimable avec votre belle-mère quand elle critique votre mode de vie avec Jean-Michel
- Remercier Tante Josiane pour la ra-vis-san-te barboteuse qu'elle a tricotée pour Zoé (ça se trouve en magasin, cette laine bordeaux ?)
- Dire : « Mais oui, j'adoooore les ris de veau » à la femme de son patron qui nous reçoit à dîner

Cela vous paraît insurmontable ?

Pourtant, dans la vie de tous les jours, vous êtes plutôt du genre bien élevée. Vous dites bien « Merci » à la boulangère quand elle vous rend la monnaie et vous ne faites pas semblant d'être très concentrée dans votre lecture pour ne pas laisser votre siège à une mamie dans le bus. Votre maman vous a appris les rudiments du comportement en société et vous suivez ses leçons plus ou moins scrupuleusement. Bien sûr, vous essayez parfois de gagner une place dans la file d'attente du cinéma, vous écrasez les pieds des autres *fashionistas* pour arriver plus vite au bac des strings soldés et vous ne débarrassez pas toujours votre plateau au self.

O.K. ! c'est bon, on ferme les yeux.

Pourtant, dans la vie se présentent des situations un peu inhabituelles pour lesquelles votre môman chérie ne vous a pas forcément donné le mode d'emploi, des gens à qui il faut se montrer sous son meilleur jour, des occasions où l'on doit séduire, charmer, convaincre... en faisant bonne impression.

Et là, vous auriez bien besoin d'un petit cours de rattrapage.

Dans ce guide, vous trouverez des solutions pour que toutes les obligations dont la vie est faite vous paraissent moins pénibles :

- D'abord, en apprenant à distinguer « ce qui se fait » et « ce qui ne se fait pas ». Au moins, vous n'aurez plus besoin de vous torturer l'esprit pour choisir entre « Mes salutations distinguées » et « Mes sentiments les plus dévoués ». Et ça, ça repose.
- Ensuite, en trouvant des astuces pour se sortir avec grâce et légèreté des situations de crise (par exemple : « Est-ce que je peux manger les asperges avec les doigts ? » ou « J'ai abusé de la sangria au pot de départ du chef comptable. Comment redorer mon image ? »).

En somme, après la lecture de ce guide, vous n'aurez plus beaucoup d'efforts à faire pour être :

- une hôtesse charmante
- une invitée délicieuse
- une collègue adorable

- une amie exquise
- une fiancée parfaite...

Et rien ne vous empêchera pourtant, une fois seule chez vous, de traîner en peignoir informe, de lécher votre assiette et de jurer comme un charretier. Mais ça, personne ne sera là pour le voir !

chapitre 1

Comment être la grâce incarnée au quotidien

Savez-vous par où commencer ?

Tout commence par soi. Nous vivons dans un monde où la pression est permanente : il faut être au-dessus du panier pour décrocher un job, il faut vivre toute la journée en apnée pour éviter le ventre en pneu rechapé et oser un jeans taille basse, être experte en nutri-biologie pour s'alimenter en traquant les OGM et en privilégiant les oméga-3, être à la fois femme enfant / chienne lubrique / mère de substitution pour entretenir la flamme dans son couple, passer un diplôme de pédopsychiatrie pour se risquer à engueuler Petit Loulou sans craindre de le traumatiser, etc.

Bref, plus que jamais, il faut faire bonne impression, convaincre, se faire aimer en toutes circonstances. Or, dans les rapports sociaux, l'apparence est, malheureusement peut-être, le premier signe de reconnaissance. On juge dès les premières secondes à qui l'on a affaire... On peut être très bien élevée, avoir de bonnes manières, être pleine de délicates attentions et gâcher tout ça par un physique négligé ou une allure peu engageante. Bien sûr, si vous ne deviez que suivre vos envies, vous aimeriez aller bosser en jogging, marmonner un bonjour inaudible pour ne pas avoir à entamer la conversation avec Mme Dubois du 3e qui a toujours une remarque intéressante à faire au sujet de la décadence de la société actuelle, ou planquer vos cheveux « grassouilles » sous un turban en prétextant que c'est *hype*. Or, donner une bonne image de soi est une marque de respect, de sa propre personne mais aussi de l'autre.

Alors, puisque dans cet échange il faut bien que quelqu'un commence, recentrons-nous sur notre MOI.

Hygiène personnelle : le minimum vital

Ne pas imposer aux autres sa tête du réveil, son cheveu gras et son haleine fétide est une chose qui paraît élémentaire à tel point que l'on peut se demander s'il est vraiment utile dans parler ici. Pourtant, qui ne s'est jamais trouvé le nez à la hauteur d'une aisselle particulièrement odorante dans le métro aux heures de pointe ? Qui n'a jamais retenu un haut-le-cœur en voyant des épaules enneigées de pellicules ou tendu une main hésitante pour en serrer une aux ongles en deuil ?

De grâce, n'imposez pas ça aux autres.

Eau + savon = « Je suis propre »

Prendre une douche quotidienne relève de l'intérêt public.

Outre les situations précaires et les conditions extrêmes, il est facile pour tout le monde de se livrer à ses ablutions. Vous n'êtes plus obligée d'aller chercher l'eau au puits !

Vous êtes également sans doute définitivement sortie de votre période « ado-cracra » où le refus de se laver tenait de la révolte antiparentale et de la libre expression de votre moi profond. Enfin, aujourd'hui, les rayons des supermarchés ou des parfumeries regorgent de produits qui rendent tous la peau plus douce/sensuelle/parfumée et permettent de faire de la toilette un moment de pur plaisir.

Soir ou matin ? Le débat est ouvert. En réalité, tout dépend de votre rythme. Si vous attendez la dernière minute pour vous lever, sauter dans votre pantalon et filer au boulot, mieux vaut être déjà propre et se laver le soir. Si vous mettez beaucoup de temps pour émerger, une douche matinale est revigorante et efface les traces de votre folle nuit.

LE PETIT PLUS QUI FAIT LA DIFFÉRENCE

Pendant les saisons chaudes ou dès que le besoin se fait sentir (cours d'aérobic niveau 3, coup de stress puissance 10 ou lambada force 4), n'hésitez pas à repasser sous le pommeau de la douche. Pas la peine de vous lancer dans une toilette de jeune mariée, un petit savonnage des zones stratégiques suffit.

Si vous partez sans repasser par la case « baignoire », faites une toilette sommaire en vous débarbouillant et vous rafraîchissant. Pourquoi ne pas utiliser des lingettes-à-tout-faire ? Destinées aux bébés à l'origine, elles sont très efficaces et pratiques pour les retouches.

De l'usage vital du déodorant

On le sait, la transpiration en soi ne sent pas mauvais, les responsables des odeurs sont les bactéries qui pullulent à la surface de l'épiderme. *Please*, faites-leur la peau en utilisant des produits adaptés : un petit « pschitt » sur les aisselles, ça prend quelques secondes et ça peut éviter de tuer les mouches à chaque fois que vous levez les bras pour attraper le dossier « Martel » sur l'étagère du dessus.

LE PETIT PLUS QUI FAIT LA DIFFÉRENCE

Certains « déos », surtout masculins, se veulent suffisamment puissants pour faire office de parfum. Souvent, ils peuvent être assimilés à des tue-mouches et être pire que l'odeur que l'on souhaite masquer. Tenez-le-vous pour dit : la discrétion est un gage de raffinement, optez donc pour des produits non parfumés.

N'oubliez pas non plus que, dans nos contrées, à la différence des pays nordiques par exemple où le poil se porte dru, l'épilation des aisselles est considérée comme une pratique indispensable (même en hiver). De plus – on le sait – le poil retient la transpiration.

Cheveux sains

Dans le domaine capillaire, la règle est de se laver les cheveux dès qu'ils sont sales, gras ou couverts de pellicules. Évidemment, si vous portez des nattes jusqu'au bas du dos, vous ne vous lancerez pas dans un brushing quotidien... Pourtant, soyez attentive à la netteté de vos cheveux, assez difficiles à dissimuler. Ne vous risquez pas à être la cible de questions du genre : « Tiens, tu es allée chez le coiffeur ? » alors que vous vous êtes juste lavé les cheveux !!! En cas d'urgence, n'hésitez pas à porter foulards ou autres couvre-chefs qui feront illusion quelque temps.

LE PETIT PLUS QUI FAIT LA DIFFÉRENCE

Attention ! certains produits coiffants ont des textures particulièrement collantes et cireuses. En voulant donner un look *glam'rock* à votre carré, vous risquez d'aboutir à un côté « sale » d'assez mauvais effet.
N'oubliez pas que les cheveux retiennent terriblement les odeurs (cigarette, friture, etc.). Gardez un spray spécial dans le tiroir de votre bureau pour ne pas trop sentir le méchoui en sortant de la cantine.

Les cheveux doivent être propres, mais également coiffés. Loin de nous l'idée de vous indiquer une coiffure « comme il faut » ; néanmoins, aussi ébouriffée, stylisée ou choucroutée qu'elle soit, une coupe doit être entretenue, les cheveux démêlés et régulièrement brossés.

La couleur est une affaire de goût : sachez tout de même que l'idéal reste l'effet naturel, même s'il est très travaillé. Les violets, oranges et autres prunes sont souvent difficiles à porter, figent les traits et vous donnent facilement 10 ans de plus.

Les cheveux filasse, couleur queue de vache, retenus par un crayon mordillé n'avantagent personne.

RÈGLE ABSOLUE

Colorés, méchés, oxygénés... mais sans racines ! Signe incontesté de laisser-aller, la barre noire de 5 cm sur le cuir chevelu est à proscrire. Réfléchissez bien avant de laisser le coloriste vous faire un *blond Palm Beach* : vous en prenez pour de longues années d'entretien.

Vilains boutons

Passé les souvenirs cauchemardesques de votre adolescence acnéique, vous aurez sûrement l'occasion, un jour où l'autre, de découvrir un bouton sur votre joli minois.

Personne n'est à l'abri de ces sournois (remarquez que le bouton préfère se manifester le jour même d'un entretien d'embauche, d'un premier rendez-vous ou, pire, de votre mariage). Pas de panique ! Maîtrisez tout de suite l'envie de triturer cette pustule et tentez plutôt de la camoufler (une touche d'anticernes estompée au doigt, une touche de poudre et le tour est joué).

Évidemment, si vous souffrez d'un problème de peau chronique, prenez rendez-vous avec un dermatologue qui, seul, saura trouver une solution adaptée.

RÈGLE ABSOLUE

Vouloir retirer un bouton en public, même énorme et sur le bout du nez, est particulièrement dégoûtant. Certaines personnes excellent dans cette pratique sur un coin de rétroviseur aux feux rouges. Répugnant ! Pour l'hygiène de votre peau et pour le bien-être des autres, réservez ce genre d'activité à l'intimité de votre salle de bains.

Sourire ravageur

La bouche est un organe « social » : parler, sourire, embrasser... la base de la communication et de l'échange ! Elle doit donc retenir toute votre attention de JFBSTR (jeune femme bien sous tous rapports). Un grand sourire, tous chicots dehors, n'est pas engageant. L'haleine d'otarie d'un interlocuteur peut donner rapidement envie d'écourter une conversation...

En avant, écartées, chevauchantes... mère Nature vous a dotée de dents qu'il faut bien accepter à moins de se lancer dans des travaux pharaoniques de parodontie. À vous d'entretenir votre capital.

Pour respecter leur santé, voyez régulièrement votre dentiste (vous savez TOUTES qu'il faut s'y rendre au moins une fois par an – que celles qui s'y tiennent lèvent le doigt !). N'attendez pas la pulpite pour daigner lui présenter vos quenottes. Outre les soins qu'il prodiguera à vos caries, il sera à même de les nettoyer en profondeur grâce au détartrage.

Votre maman vous a certainement appris la règle des « trois-fois-par-jour-et-pendant-trois-minutes » (que celles qui respectent les conseils maternels lèvent encore le doigt !). Néanmoins, si le brossage du midi est rendu difficile par votre emploi du temps, ne manquez en aucun cas les deux autres. Sourire de perle et haleine fraîche en dépendent.

Si le brossage du soir est compromis par une rencontre fulgurante avec atterrissage direct au lit sans passage par la salle de bains, rattrapez-vous plus tard, dès que le monsieur aura sombré dans le sommeil. Vous nous remercierez le lendemain matin.

Si vous souffrez d'un vrai problème d'halitose (mauvaise haleine), parlez-en à votre dentiste ou à votre médecin : souvent, l'origine du problème est plus profonde qu'on le croit (reflux gastrique, caries, etc.)

LE PETIT PLUS QUI FAIT LA DIFFÉRENCE

Après un repas, si vous ne pouvez vous laver les dents, cédez à l'appel des publicitaires et mastiquez sans remords des chewing-gums sans sucre aux vertus nettoyantes. Bien sûr, fermez la bouche quand vous mâchez.

N'hésitez pas à tester votre haleine en soufflant dans vos mains. S'il y a urgence, buvez de l'eau, lavez-vous les dents et sucez des pastilles mentholées.

Mains nettes

En moyenne, on se lave les mains 5 à 10 fois par jour. Sans tomber dans le TOC, n'hésitez pas à vous savonner dès que le besoin s'en fait sentir (passage aux toilettes, contact avec des objets sales, mains moites...).

Outre leur propreté, les mains doivent être soignées : usez et abusez de crèmes réparatrices et nourrissantes. Serrer une main calleuse et gercée n'est pas agréable.

Entretenez vos ongles : pas besoin de les confier à la manucure toutes les semaines pour obtenir un résultat impec. Si vous êtes adepte du naturel, coupez-les assez court, au carré, arrondissez les angles à la lime et utilisez un vernis incolore ou légèrement rosé. Si vous aimez la féminité des mains aux ongles longs, soyez rigoureuse dans leur entretien.

À bannir absolument :

- Les ongles démesurément longs : à moins de postuler pour le rôle de Cruella, soyez raisonnable. Ne faites-vous jamais la vaisselle, un peu de ménage ou toute autre activité incompatible avec des griffes ? Pensez à vos collègues de bureau qui pesteront en silence contre le cliquetis de vos ongles sur le clavier.
- Les ongles rongés, rognés, épluchés, en sang : beurk, beurk !
- Le vernis écaillé : on trouve du dissolvant même dans les épiceries ouvertes la nuit. Vous êtes impardonnable de ne pas retirer votre rouge tout miteux.
- Les filles qui scrutent leurs ongles à longueur de temps. (Elles les regardent pousser ?)
- Les ongles « en escalier » : tentez d'harmoniser les longueurs... 2 ongles cassés sur une main qui en compte 5, ce n'est pas une bonne moyenne. Même si vous êtes fière d'avoir un index qui arbore 2 cm d'ongle, que vous l'entretenez passionnément aux dépens de ses cousins... sacrifiez-le.

Beauté : mettre en valeur votre potentiel

Loin de nous ici l'idée de vous donner des conseils de beauté : chacune fait ce qu'elle peut avec ce qu'elle a. En revanche, il existe quelques règles à respecter pour utiliser au mieux les artifices qui vous embelliront...

Maquillage

Les modes changent, les produits sont de plus en plus nombreux, accessibles, tentants, et, du plus *fun* au plus sophistiqué, vous avez le loisir de jouer avec toute la palette des cosmétiques pour être un jour une fille naturelle élevée au grand air (un peu de blush rose sur les joues), le soir une diva des *dance floor* (paillettes argentées sur les paupières) et le lendemain une demoiselle très chic et rétro (un trait d'eye-liner noir au-dessus des cils).

Pourtant, par égard pour les autres (qui risqueraient l'arrêt cardiaque en vous voyant maquillée au Ripolin) et par respect de votre image, soyez sûre de ne jamais abuser de rien : en dehors des soirées costumées et autres festivités, les trois couches de fond de teint, les faux cils, les lèvres rouge sang et autres excès sont à proscrire. En effet, vous risquez :

- de laisser des traces sur ceux que vous embrassez (c'est si désagréable de sentir une rombière vous frotter la joue en disant : « Oh, je t'ai mis du rouge ! ») ;
- tacher l'oreiller de l'homme chez qui vous dormez (nous savons toutes que l'étape « Attends ! Je me démaquille ! » est allègrement sautée un soir de rencontre passionnelle) ;
- de vous faire vraiment remarquer, non pas pour votre beauté éclatante mais pour votre ridicule ;
- de prendre 10 ans.

La règle de base est d'adapter son maquillage selon la situation : en général, on opte pour le discret dans la journée et on ose plus de sophistication le soir. Essayez de respecter une harmonie : par exemple, le contraste « paupières violettes / lèvres orangées » n'est pas du meilleur effet. Ne cherchez pas à changer radicalement : le maquillage doit mettre en valeur, pas dissimuler (si votre teint est clair, un fond de teint foncé aura un effet « masque » très vilain).

À l'opposé, dès la fraîcheur de vos 20 ans envolée, ne donnez plus dans le genre « On me prend telle que je suis ». Les cernes violets qui trahissent votre manque de sommeil, le teint brouillé après une soirée arrosée et enfumée... toutes ces marques qui ne disparaissent plus vraiment au matin méritent d'être dissimulées.

LE PETIT PLUS QUI FAIT LA DIFFÉRENCE

Veillez à la bonne tenue de vos sourcils : non seulement un arc bien net renforce le regard mais les sourcils en bataille, à la Emmanuel Chain, donnent un air renfrogné. À l'inverse, le sourcil trop épilé ou mité « vide » le regard. Disciplinez-les (une vieille brosse à dents fait parfaitement l'affaire) et n'hésitez pas à intensifier leur couleur avec une poudre ou un crayon spécifique s'ils sont trop clairs.

Parfums

Là encore, impossible de dicter des règles : choisir un parfum qui corresponde à sa personnalité, convienne à son type de peau et crée une émotion est très personnel. L'offre est extrêmement riche, trop peut-être (aujourd'hui, la production est si *marketée* que tous les parfums finissent par se ressembler), et vous n'aurez que l'embarras du choix. Certaines sont fidèles à la même fragrance des années : leur odeur fait partie d'elles-mêmes, c'est une signature. D'autres changent tous les jours : elles s'adaptent aux saisons, aux circonstances, aux humeurs du moment.

Quoi qu'il en soit, puisque votre parfum a vocation à être senti par les autres, il entre dans la liste des éléments de votre personnalité que vous devez contrôler.

Quel est le bon comportement à avoir une fois son atomiseur en main ?

- Trouver le bon dosage. On recommande l'eau de toilette pour la journée et l'eau de parfum ou le parfum, beaucoup plus concentrés, pour le soir.
- Deux ou trois « pschitt » suffisent : selon la puissance du parfum, vous pouvez en une pression supplémentaire passer d'un sillon délicat à une émission toxique.

- Dans la mesure du possible, évitez les parfums bas de gamme qui manquent terriblement de subtilité.
- Essayez de ne pas porter le même parfum que votre collègue, votre sœur ou une amie très proche. Non seulement elles pourraient se sentir volées d'une partie d'elles-mêmes mais vous feriez preuve d'un manque total d'originalité.
- En été, rangez au placard tout ce qui est capiteux, sucré, lourd et puissant. Vous risquez de flanquer la nausée à tout votre entourage.
- Offrir un parfum est extrêmement délicat : ou bien le destinataire porte toujours le même et vous montrez votre tendance à la facilité, ou bien vous ne savez pas quel est son parfum et vous risquez de tomber à côté.
- Évitez les passages à la parfumerie pendant la pause-déjeuner : après avoir essayé 10 formules différentes, vous risquez d'empoisonner tout l'*open-space* pendant l'après-midi.

LE PETIT PLUS QUI FAIT LA DIFFÉRENCE

Pensez à vaporiser vos vêtements, notamment vos manteaux, pulls et autres matières qui retiennent bien les odeurs. Votre armoire embaumera et votre sillon sera renforcé de manière durable.

Accessoires

Bijoux

Que vous soyez folle de bijoux comme la Castafiore ou que vous ne gardiez que votre chaîne de baptême et une alliance, c'est votre choix. L'usage est, une fois de plus, d'adapter ce que l'on porte à la situation. Le temps est passé où les femmes assortissaient collier, boucles d'oreilles, bagues et bracelets. Il faut dire que les occasions de sortir sa parure de rubis se font rares de nos jours : les invitations aux grands bals aristocratiques n'encombrent pas votre boîte aux lettres et vous vous voyez mal arborer une pierre précieuse pour vous rendre au *Macumba Night* en métro. Aujourd'hui, la question des bijoux fantaisie ne donne plus de complexes à personne : les fausses pierres, le « toc » sont à la portée de tous et plus personne ne se demande si votre rang de perles est vrai ou pas.

En général :

- on réserve les gros bijoux, les pierres et autres pièces voyantes au soir ou aux grandes occasions ;
- on ne porte pas de montre avec une robe du soir ;
- on ne porte rien de valeur pour faire du sport, aller à la plage, à l'hôpital... ;
- on ne porte pas de bagues à tous les doigts ;
- on évite les multi-bracelets qui font « cling-cling » toute la journée ou qui cognent sans cesse sur votre clavier ;
- on peut garder en toutes circonstances son alliance et sa bague de fiançailles ;
- seule Madonna, époque *Like a virgin*, pouvait se permettre d'accumuler 15 chaînes, des boucles d'oreilles en crucifix et des bracelets de force ; sur vous, c'est carrément *too much*.

LE PETIT TRUC QUI FAIT LA DIFFÉRENCE

Même si vous adorez cette mode « tribale », réservez vos tatouages et piercings pour votre sphère privée. Au travail, retirez tout élément métallique placé dans votre narine, sur votre langue ou votre sourcil. Ne portez pas de vêtement court dévoilant le caillou que vous portez au nombril.

Lunettes

Vous avez dû vous y résoudre : sans elles, vous n'y voyez pas grand-chose. Tout le monde vous dit : « Ça te va bien ! Elles te donnent un côté intello... » mais vous n'êtes pas convaincue. Ainsi, plutôt que de vous cogner dans les meubles et de vous tromper de direction dans le métro, vous portez des lunettes. Soit. Que vient faire le savoir-vivre là-dedans ? pensez vous. Eh bien oui, y voir clair peut être une marque de politesse... En ne corrigeant pas votre vue, vous risquez :

- de passer pour une pimbêche en ignorant les gens que vous croisez et qui vous saluent ;
- d'avoir un air hagard (même si vous aimez ce flou artistique dans lequel vous baignez) ;
- de répondre aux avances d'un homme qui ne correspond pas du tout, mais pas du tout à votre idée de Monsieur Parfait ;
- d'être un danger public au volant ;
- de gâcher la séance « ciné » de votre amoureux en lui demandant toutes les 2 s : « Et là, qu'est-ce qu'il se passe ? »...

Si vous préférez porter des lentilles, sachez qu'elles peuvent vous trahir : au bout de quelques heures, surtout dans une atmosphère sèche, enfumée ou polluée, vous aurez sans doute l'impression que vos paupières sont doublées de papier de verre. Ayez sur vous votre petit attirail (étui + produit nettoyant) et une paire de lunettes de secours au cas où :

- vous clignez tellement des yeux que tous les gars autour de vous se sentent interpellés ;
- vos yeux sont injectés de sang – ce qui n'est pas du meilleur effet ;
- vous passez à l'étape « Et plus si affinités » après un dîner en charmante compagnie (trouvez 5 mn pour retirer vos lentilles au risque d'avoir les yeux collés le lendemain – ça casse le mythe).

Sacs

Depuis toujours, le sac à main transporte tout l'univers d'une femme : il est son fidèle compagnon, sa seconde maison, son jardin secret.

Quels que soient sa forme, sa couleur, son degré de *fashionerie*, observez à son égard quelques règles simples de comportement :

- n'emmenez pas la besace informe dans laquelle vous transportez tout votre attirail habituel pour un dîner ou une soirée chic, préférez un sac plus petit où vous glisserez juste l'essentiel (clés, téléphone, mouchoirs, rouge à lèvres, monnaie) ;
- tentez d'y mettre un peu d'ordre régulièrement : rien de pire qu'une femme qui vide tout le contenu de son sac (et expose à la vue de tous Kleenex sales, trognons de pomme, courrier d'une semaine, petites culottes et bouquin écorné) pour y trouver ses clés ;
- chez les gens, ne le posez pas sur la table du salon ou sur le lit alors qu'il traîne par terre toute la journée.

Vêtements : l'habit fait la fille parfaite

Vous avez une carte de fidélité chez Gucci et Prada, *Vogue* est votre livre de chevet, *vintage* votre adjectif préféré et vous savez 6 mois à l'avance ce qui sera tendance la saison prochaine ? Ou, comme 90 % des femmes, vous cherchez encore votre style et ne savez jamais comment vous habiller ?

Dans le premier cas, vous jugerez sans doute inutile de lire les lignes suivantes. Dans l'autre, vous ne trouverez pas ici de conseils pour être *à la mode* (trop éphémère), pour choisir entre un col en V et une échancrure ronde (trop personnel) ou pour apprendre ce qui cachera le mieux votre culotte de cheval. Pourtant, vous apprendrez qu'il existe des règles de base que toutes les femmes devraient connaître, qu'il suffit d'avoir une garde-robe basique pour s'adapter à toutes les situations et que ce n'est pas le nombre de vêtements ni leur marque, aussi prestigieuse soit-elle, qui font l'élégance d'une femme...

Pour en finir avec la torture du placard (et le constat déprimant du je-n'ai-rien-à-me-mettre)

Disons que vous soyez, dans la majorité des cas, de celles qui essayent 5 pantalons et 10 chemisiers avant de remettre pour la 1 000 e fois leur jean et leur pull noir.

Comment en êtes-vous arrivée là ?

Lisez les affirmations suivantes et cochez les cases qui vous correspondent :

- ○ « J'ai toujours envie d'un petit haut moulant alors que j'ai encore 5 kg à perdre depuis mon accouchement.»
- ○ « J'achète des vêtements par pulsion, sans vraiment réfléchir à les assortir à ce que je possède déjà.»
- ○ « Je me laisse influencer par les vendeuses qui trouvent toujours que leur 42 taille grand.»
- ○ « Si la mode est au vert anis, j'achète du vert anis. Même s'il me donne un teint d'olive (verte).»
- ○ Vous n'achetez que des couleurs sombres, qui ont un effet optique amincissant. On a toujours l'impression que vous êtes en deuil.
- ○ Vous n'aimez que le confortable, le souple, le large... Votre chéri vous reproche de ne pas être assez sexy.

Vous avez coché une ou plusieurs cases ? Sans doute avez-vous quelques lacunes en leçons de style.

Les bases d'une bonne garde-robe

1. Reconnaissez ce qui vous va. Certes, vous avez un peu trop de hanches, la cuisse molle ou des seins d'adolescente prépubère. Pourtant, malgré tous vos efforts (régime, musculation, massages...), vous n'obtenez pas de vrai changement. Il va bien falloir oublier vos rêves de mannequinat, accepter

votre corps et lui trouver des vêtements adéquats. Ne vous entêtez pas à vouloir porter un pantalon taille basse si votre bassin est trop large, un décolleté vertigineux sur votre 80A ou une minijupe sur vos genoux enrobés : l'effet ne sera JAMAIS joli.

2. Mieux vaut acheter peu de vêtements à la coupe soignée et de bonne qualité qu'un portant entier de chiffons qui ne résisteront pas à 2 lavages.
3. LE secret est d'avoir une base assez classique (coupe et couleur) pour chaque saison que l'on complète au gré des modes avec des vêtements plus originaux, colorés et vraiment tendance. Ces pièces de base seront adaptées selon les circonstances et pourront ainsi passer partout : un même tailleur et pantalon noir peuvent être sages avec une chemise blanche et sexy en diable et un top en lamé.
4. Achetez des ensembles ou du moins des vêtements assortis pour ne pas vous retrouver avec une jupe et un tee-shirt dans des couleurs cousines mais pas vraiment harmonieuses ou des imprimés impossibles à marier.
5. N'écoutez pas les vendeuses qui vous jurent que ce tailleur est très bien coupé. Étonnant alors qu'elles en aient encore tout un stock à vendre... Ne tenez compte que de votre regard et, accessoirement, de celui d'une amie qui vous veut du bien.

Connaître les limites

Aujourd'hui, on ne s'étonne plus de rien. Pourtant, si les strings qui dépassent des jeans, les soutiens-gorge noirs sous un chemisier blanc et les micro-shorts n'étonnent plus personne, il est certaines limites à ne pas dépasser au risque de :

- sombrer dans le ridicule ;
- être un appel au viol ambulant ;
- être définitivement classée comme fille vulgaire.

Le trop court :

Seules les jambes parfaites peuvent se le permettre, ou les très jeunes filles, ou encore les meneuses de revue. À bannir absolument pour aller travailler, se rendre à un premier rendez-vous ou rencontrer ses futurs beaux-parents.

Le trop haut :

Les talons aiguilles sont de nouveau très à la mode. S'ils affinent effectivement la jambe et vous donnent une allure sexy, ils peuvent aussi vous déstabiliser, au sens propre du mot. Avoir la jambe galbée, soit. Manquer se casser la figure tous les pas, non. Si vous ne jurez que par vos *stilettos*, réservez-les pour des occasions spéciales, pas pour remplir le Caddie au supermarché.

Le trop cool :

Tout ce qui est avachi, troué, délavé, informe... est à réserver aux jeunes en pleine crise d'adolescence. Si vous en êtes toujours là passé 30 ans, consultez un psy pour libérer votre moi.

Le total-look :

Le genre « je-ne-mets-que-des-vêtements-de-sport » ou « je-ne-porte-que-des-vêtements-siglés », ou autre total-look peuvent montrer votre côté monomaniaque. Un des charmes de la femme est de pouvoir changer de style, de jouer des personnages différents chaque jour. Profitez-en !

À chaque occasion sa tenue

À notre époque où presque tout est permis, les seules occasions de réel dérapage vestimentaire sont les décalages flagrants entre la situation et la tenue (par exemple, passer un entretien d'embauche en jogging).

Pour cela, veillez à être toujours en accord avec le lieu et la circonstance et, pour ne jamais être prise au dépourvu, organisez votre dressing selon les usages des vêtements. Prévoyez également d'avoir au moins une tenue dédiée à chaque occasion :

— pour le travail au quotidien ;
— pour les rendez-vous professionnels ;
— pour les week-ends ;
— pour le sport ;
— pour les soirées entre amis ;
— pour les rendez-vous galants ;
— pour les sorties chic ;
— pour les grandes occasions.

Bien sûr, les catégories peuvent se mélanger, mais le fait d'avoir réfléchi à l'avance aux combinaisons possibles entre elles pourra vous aider au moment de choisir (surtout s'il ne vous reste que 10 mn pour vous habiller, vous maquiller et vous faire un brushing avant que votre amoureux ne sonne à la porte).

QUELQUES ERREURS GRAVES À ÉVITER

— On ne porte rien de trop exubérant, de trop dénudé ou trop typé pour un entretien d'embauche.
— Dans un lieu de culte, on ne dévoile pas trop de ses charmes.
— On ne part pas à la campagne avec des talons hauts et une minijupe.
— On ne sort pas sous le blizzard à peine couverte d'un gilet en mailles de filet parce-que-tout-le-monde-porte-ça-à-New-York. Votre ORL vous le confirmera.

LE PETIT PLUS QUI FAIT LA DIFFÉRENCE

Si vous êtes invitée à une soirée et qu'aucune indication ne vous a été donnée sur le code vestimentaire (soirée décontractée, habillée, cravate obligatoire pour les messieurs), n'hésitez pas à poser la question à l'organisateur ou à la personne qui vous invite : vous éviterez ainsi de vous torturer l'esprit pour trouver la tenue adéquate mais aussi le risque de vous y rendre en fourreau noir alors que tout le monde est en jean.

Petite note spéciale au sujet des dessous

Le choix est tellement grand aujourd'hui que vous aurez le loisir de passer du jour au lendemain de la bonne grosse culotte en coton à la plus froufrouteuse des parures.

Si vous devez vous déshabiller devant quelqu'un, vous adapterez le degré d'érotisme de votre strip-tease : vous éviterez les guêpières noires pour vous rendre chez le médecin (à moins que vous ayez une idée derrière la tête) ou vous sortirez le grand jeu pour faire tomber un timide dans vos filets.

Quoi qu'il en soit, pour votre bien-être et votre réputation, respectez les règles suivantes :

- soyez intransigeante sur la propreté ; de même, jetez tous les dessous gris sale ou les culottes aux élastiques lâches ;
- pensez toujours qu'il peut vous arriver quelque chose (accident, malaise...) et, même si les pompiers se fichent éperdument de la couleur de votre soutien-gorge, portez toujours des dessous que vous pourrez assumer ;
- pensez à la transparence des vêtements : pas de slip noir sous un pantalon blanc, etc ;
- vérifiez les marques : la culotte qui coupe la fesse en deux dans un pantalon moulant est à proscrire – passez au string ou au tanga ;
- réservez les dentelles rouges, latex et autres résilles à des occasions très spéciales, si vous voyez ce que je veux dire.

Savoir se tenir

Voilà une expression qui résume bien ce que nos grand-mères entendaient par « savoir-vivre »... Une jeune femme qui « savait se tenir » marquait déjà beaucoup de points.

Aujourd'hui, même si toute la raideur morale de nos aïeules a disparu, il reste quelques principes à respecter. Alors, même si l'horizontale est votre position favorite, en société luttez contre votre penchant naturel à la mollesse et l'indolence (rien ne vous empêche de passer votre vie couchée, une fois la porte de votre chez-vous bien fermée).

Au sens propre : la posture

Sans doute, votre mère vous a répété maintes fois le fameux « Tiens-toi droite » qui tente depuis des générations de redresser les enfants avachis sur la table ou affalés dans le canapé.

Maintenant que vous êtes libérée du regard maternel, vous devriez vous rendre compte par vous-même de l'importance de la posture pour une femme :

— En se tenant droite, on a l'air plus grande, on fait ressortir sa poitrine et on rentre les fesses – ce qui, pour la majorité d'entre nous, n'est pas inutile.

— En ayant un port de reine, on a tout de suite plus confiance en soi, on affiche son assurance.

LE PETIT PLUS QUI FAIT LA DIFFÉRENCE

Pour vous entraîner, imaginez qu'une poulie accrochée au plafond vous tire la tête. Devant la glace, forcez-vous à tirer vos épaules en arrière et jugez du résultat. Si votre timidité vous oblige à toujours regarder le bout de vos chaussures, essayez au moins de garder la tête haute : cette nouvelle perspective vous donnera un coup de fouet.

Même habillée très chic, une femme vautrée dans un fauteuil n'a rien de bien élégant. Sans avoir l'air guindé, n'oubliez pas l'image que vous renvoyez alors que vous croyez pouvoir vous relâcher un peu :

— la position jambes croisées est correcte, mais elle peut être gênante si vous avez les jambes lourdes ou souffrez d'un problème de circulation ;

— préférez garder les jambes serrées, positionnées à l'oblique ;

— même en pantalon, on ne peut se permettre d'avoir les jambes ouvertes ;

— la position du lotus et autres contorsions du genre sont à éviter en public.

Au sens figuré : éviter les excès et débordements

Une jeune femme soucieuse de son apparence, de son image et de sa réputation se doit de garder une certaine maîtrise d'elle-même. C'est pourquoi, en public, il vous sera utile de veiller à :

— ne pas abuser de l'alcool (au point de ne plus savoir qui est cet inconnu dans votre lit le lendemain matin) ;

— ne pas être provocante ou indécente (*libérée* ne veut pas dire « allumeuse ») ;

— ne pas se laisser emporter par la colère, l'agressivité ou l'hystérie ;

— ne pas fumer comme l'Etna en présence de non-fumeurs ou de femmes enceintes ;

— ne pas se gaver comme une oie avant Noël ;

— ne pas laisser échapper vos flatulences et autres reflux gastriques ;

— ne pas jurer, être grossière ou triviale.

15 FAÇONS DE DONNER LA MEILLEURE IMAGE DE SOI

1. Gardez toujours un « kit de survie » à portée de main.

Qu'il soit dans votre sac, le tiroir de votre bureau, la boîte à gants de la voiture, il doit contenir : un petit miroir, une mini-brosse à dents et du dentifrice, quelques cotons-tiges pour rattraper les dérapages cosmétiques, des pastilles de menthe, un tampon hygiénique, des Kleenex.

2. Réfléchissez avant de commander un aïoli pendant un repas d'affaires.

Les chewing-gums n'ont qu'une efficacité limitée.

3. Demandez-vous si vous n'avez pas un peu forcé sur la dose…

… si l'on remarque votre sillage (tout le monde vous dit : « Hummm, c'est quoi ton parfum ? »). L'idéal est que l'on vous félicite en vous embrassant, pas en vous croisant dans le couloir.

4. Passez au moins une couche de vernis incolore sur vos ongles.

Cela ne demande pas beaucoup de travail et cela donne un aspect soigné à vos mains.

5. Si vous portez des vêtements très moulants…

… veillez à utiliser un déodorant « antihumidité » : rien de pire que les grandes auréoles mouillées sous les aisselles.

6. Choisissez bien votre fleur.

Une belle orchidée derrière l'oreille peut vous donner un air de vahiné alanguie sur une plage de sable fin. Une marguerite en plastique collée sur une barrette : non.

7. Ayez du soutien.

Si vous avez une forte poitrine, soyez très attentive au soutien de vos dessous : tout ce qui ballotte, déborde, flageole n'est pas du meilleur goût.

8. Ne vous endormez pas au soleil.

Le bronzage « pain d'épice », c'est *has been* et c'est dangereux.

9. Faites régulièrement le tri dans vos placards.

Vous aurez moins d'efforts à faire pour trouver la tenue idéale.

10. Soignez votre coiffure.

Si vous n'avez vraiment pas le temps de vous coiffer le matin (vous dormez jusqu'à la dernière minute), adoptez une coupe qui ne demande ni brushing, ni lissage, ni décollement-des-racines-pour-maximiser-le-volume.

11. Bougez !

Prier en se massant les cuisses n'a jamais fait fondre la cellulite : faire de l'exercice régulièrement est plus efficace.

12. Soignez vos pieds.

En sortant de l'hiver, avant de passer des bottes fourrées aux tongs, ne sautez pas la case « beauté des pieds ».

13. Osez la couleur.

C'est facile de s'habiller toujours en noir. C'est déprimant, aussi.

14. Démaquillez-vous.

Même si vous n'étiez pas maquillée, l'étape « débarbouillage du soir » est obligatoire.

15. Souriez !

Avoir le moral, la pêche, sourire, etc. sont les meilleurs soins de beauté qui existent.

chapitre 2

Comment bien vivre avec les autres

Connaissez-vous les règles élémentaires ?

À moins d'habiter une île déserte (ce qui, entre nous, peut être très sympathique si ladite île se trouve au milieu de l'océan Pacifique et que le seul bâtiment existant est un Hôtel Resort 5 étoiles), vous êtes bien obligée de faire avec vos semblables. Depuis que Maman vous a mise à la crèche (à 3 mois), vous avez été « socialisée ». C'est dire si vous avez l'habitude de vivre avec les autres ! Que cela soit dans un cercle intime, celui de la famille et des amis, dans le cadre professionnel ou au sens large, dès que vous côtoyez un autre être humain, vous êtes censée suivre les règles élémentaires du savoir-vivre, de la politesse et du respect afin d'entretenir des rapports courtois (c'est le minimum pour éviter de s'entretuer – relisez le *Contrat social* de Rousseau, il en parle déjà).

D'ailleurs, en y regardant de plus près, les principes qui régissent votre vie actuelle sont ceux qui vous ont été enseignés dès le bac à sable...

RÉVISIONS !

Amitié, liens familiaux, relations sociales en général : révisons nos leçons pour vivre en harmonie avec nos congénères.

Hier	Aujourd'hui
• ne pas tirer les cheveux	• résister à l'envie de crever les yeux de votre chef
• partager son pain au chocolat	• ne pas manger la dernière portion de forêt-noire et dire à son homme : « Oh, il n'y en a plus ! »
• prêter son camion-benne jaune	• prêter sa Twingo
• dire bonjour à la dame, ne pas mettre les doigts dans son nez, etc.	• dire bonjour à la dame, ne pas mettre les doigts dans son nez, etc.

L'ABC de la politesse

Il existe une grande quantité de petits mots, de gestes et d'attentions qui adoucissent les rapports humains, qui permettent la sociabilité. Ce sont des marques de respect de l'autre qui facilitent les contacts et rendent plus aisée la vie en commun. Idéalement appris depuis la plus tendre enfance, ils semblent naturels et ne coûtent pas beaucoup d'efforts... c'est en leur absence que l'on prend conscience de leur importance !

« Bonjour » / « Au revoir »

Pas besoin d'épiloguer là-dessus, « Bonjour » est le mot le plus facile à prononcer, le plus passe-partout, le plus « automatique » à utiliser lorsqu'on rencontre quelqu'un, que l'on veut entamer une conversation, se présenter, etc. Évident.

De même pour « Au revoir », qui montre que vous ne partez pas comme une voleuse.

« Salut », « Hello », « Hi », « Bye bye » et autres variations régionales (« Ciao », « Kenavo », etc.) sont à réserver à vos proches.

Tout cela n'est pas bien fatigant. Pourtant, dans certaines situations, saluer quelqu'un peut être compliqué : « Dois-je lui serrer la main, lui faire la bise ou simplement dire bonjour ? »

Patron ou toute autre personne « supérieure » : selon votre degré d'intimité, vous lui serrerez la main ou lui ferez la bise. Laissez-le toujours décider de la solution choisie, vous ne ferez que l'imiter.

Collègues : pas la peine de vous lancer dans une tournée de bisous générale ! À moins d'avoir de vrais amis parmi vos voisins de bureau, un bonjour poli est suffisant.

Amis, membres de la famille : tout dépend du degré d'intimité, mais il est d'usage d'embrasser les gens qui nous sont chers.

LE PETIT PLUS QUI FAIT LA DIFFÉRENCE

Le nombre de bises à faire peut être un véritable casse-tête. Selon les origines, on s'embrasse deux, trois ou quatre fois. Quand on vous présente une personne d'une autre région, attendez-vous à lancer la 3e dans le vide. La petite phrase « Chez moi, on en fait 3 ! » peut vous permettre de vous justifier mais pas d'être un peu ridicule. Pour cela, tenez-vous-en aux deux bises traditionnelles, vous éviterez ainsi les situations embarrassantes.

Selon les situations, les hommes préfèrent serrer la main, dans un souci de « virilité » (« On n'est pas des gonzesses »). Mais plus personne n'est choqué de voir deux rugbymen se donner l'accolade, par franche camaraderie.

Un inconnu que l'on vous présente : la solution la plus simple est de lui serrer la main. S'il s'agit de l'ami d'un ami, vous serez peut être amenée à l'embrasser pour ne pas paraître froide et distante (attendez que l'autre fasse le premier pas).

Restaurants, magasins : certes, le client est roi, mais il se doit de respecter ceux qui le servent. Soyez polie, dites un « bonjour » cordial et souriant.

N.B. : dans certaines boutiques – en général les plus branchées –, les vendeuses prennent la grosse tête et vous regardent d'un air méprisant quand vous osez fouler la luxueuse moquette blanche avec vos mocassins non siglés. Regardez-les dans les yeux, souriez et adressez-leur un « bonjour » bien senti. C'est vous qui tenez le porte-monnaie, non ?

Serrer la main

La poignée de main peut être le premier signe de la tournure d'une relation : franche et directe, elle est de bon augure ; fuyante, elle est peu engageante...

- Tendez une main entière, pas quelques doigts (c'est méprisant).
- Mesurez votre pression : trop forte, vous écrasez les phalanges de l'autre ; trop molle, vous passez pour une chiffe (molle).

- Regardez votre partenaire dans les yeux.
- Si vous avez les mains moites et que vous le savez, essuyez-vous (discrètement) quand vous vous apprêtez à saluer.
- Si vous avez les mains gelées, vous pouvez vous en excuser.
- Si vous avez les mains pleines de cambouis, ne tendez pas votre poignet ou votre coude, dites simplement : « Je m'excuse de ne pas vous serrer la main mais... »
- Ne gardez pas la main de l'autre trop longtemps dans la vôtre, on se sent rapidement prisonnier.
- Si un vieux beau sur le retour vous fait un « baise-main », ne retirez pas votre main brusquement, ne soyez pas non plus toute gênée comme une pucelle effarouchée.

Les inséparables « S'il vous plaît » et « Merci »

Difficile d'imaginer demander quelque chose sans prononcer les mots magiques « s'il te plaît » et « merci »... La question ne doit même pas se poser, on demande poliment et on remercie, un point c'est tout.

En les oubliant :

- vous risquez de ne pas obtenir ce que vous voulez ;
- vous aurez l'air de donner un ordre et non de demander un service, et ça, c'est pas joli joli ;
- vous passez pour une ingrate à qui tout est dû, et ça, c'est carrément minable.

LE PETIT PLUS QUI FAIT LA DIFFÉRENCE

Ce n'est pas la quantité qui compte. Ce n'est pas parce que vous direz : « Oh, merci, merci, merci !!!» en tapant dans vos mains que votre belle-mère arrivera à croire

que le châle tricoté main qu'elle vient de vous offrir vous plaît. Un seul « merci », dit avec sincérité, est beaucoup plus efficace.

« Pardon, excusez-moi »

Bien entendu, il y a une différence entre s'excuser après avoir bousculé quelqu'un et implorer le pardon après avoir commis une faute grave (trompé l'Homme avec son meilleur ami, vendu ses albums collector dans une brocante, raconté un mensonge gros comme un building, etc.).

Les petits mots « Pardon », « Excusez-moi », lorsque vous écrasez un pied par exemple, permettent d'atténuer votre faute, de montrer du respect envers l'autre. Ils sont indispensables. Utilisez-les sans modération.

N'ayez pas peur de paraître faible en vous « excusant de déranger » à tout moment. Tout dépend de l'attitude et du ton employés.

Par exemple, vous voulez demander un renseignement à quelqu'un :

— « Excusez-moi de vous demander pardon de vous déranger » + pieds en dedans + regard baissé = pauvre petite chose timide

— « Pardon de vous déranger » + sourire + regard avenant = personne aimable que l'on a envie d'aider

La ponctualité

Nous vivons dans un monde où règnent la dictature du temps, la tyrannie de l'agenda, le pas de course généralisé...

Aujourd'hui, alors que tout se fait plus vite, nous n'avons plus le temps de rien. Or, être ponctuel, c'est savoir gérer son temps, s'organiser, se plier aux exigences, respecter l'autre... la quintessence du savoir-vivre !

Quel est le retard toléré, quelles solutions pour les retardataires chroniques ? Reportez-vous page 107 pour en savoir plus.

Faire les présentations

Dans le petit jeu des relations sociales, voilà une étape indispensable qui permet :

- de savoir à qui l'on s'adresse ;
- de briser la glace ;
- de ne pas faire de gaffe.

Pour vous, cela se réduit à la formule la plus simple : donner l'identité d'une personne à une autre. Vous n'imaginez même pas une seconde que cet exercice relève de l'art et qu'il connaît des usages très précis !

La règle principale veut que l'on présente l'homme à la femme, la personne la moins éminente à la plus éminente, la plus jeune à la plus âgée, l'inconnue à la plus célèbre, etc. Difficile d'apprécier ces critères en quelques secondes et de porter ainsi un jugement de valeur !

Donc, tout en essayant de garder ces grands principes en tête, faites vos présentations sans trop y réfléchir : l'essentiel est de mettre les gens à l'aise et de leur indiquer à qui ils ont affaire.

LE PETIT PLUS QUI FAIT LA DIFFÉRENCE

Autrefois, une femme ne se présentait pas toute seule... on n'en est plus là aujourd'hui. Plutôt que de passer pour une mystérieuse inconnue, présentez-vous vous-même : déclinez vos nom et prénom, et pourquoi pas une petite phrase qui explique votre présence – par exemple : « Natacha Michelet, je suis la cousine de la mariée. » N'ayez pas peur de vous imposer, sans vous immiscer non plus dans une conversation où vous n'êtes pas concernée.

LA SITUATION DE CRISE : J'AI LA MÉMOIRE QUI FLANCHE

Il vous est certainement déjà arrivé de rencontrer des gens dont vous vous souvenez très bien mais dont le nom vous échappe complètement. Le trou noir arrive toujours quand on doit les présenter à la personne qui nous accompagne, et là, on

bafouille, on se repasse mentalement tout le trombinoscope… Plusieurs solutions s'offrent à vous :
1. Ne pas les présenter : possible si vous les voyez de loin et que vous pouvez passer votre chemin sans paraître trop mal élevée. Faites un signe de la main, et mimez : « Bonjour, à bientôt » qu'ils pourront lire sur vos lèvres.
2. Espérer… qu'ils se présentent eux-mêmes à votre compagnon.
3. Avouer que leur nom vous échappe. Vous serez plus honnête et plus sympathique en disant : « Pardonnez-moi, mais j'ai un véritable trou de mémoire », plutôt qu'en bredouillant : « Madame Euhhhhhh… »

Voisin, voisine

Pour commencer à parler de vos rapports aux autres, ne cherchons pas trop loin et examinons quel est le comportement à avoir avec ceux qui vous sont proches géographiquement : vos voisins, par exemple.

Ne pas gêner les autres, ne pas trop être dérangée soi-même, voilà le *deal* qui résume le bon voisinage aujourd'hui. Cette indifférence est dommage, me direz-vous. Pourtant, mieux vaut ne pas connaître ses voisins parce qu'ils sont discrets que de tout savoir de leur vie privée parce qu'ils s'engueulent toutes fenêtres ouvertes chaque soir.

Comment être une bonne voisine ?

Quand on se croise…

- Vous emménagez dans un nouvel appartement, une nouvelle maison : si l'immeuble a un gardien, allez vous présenter à lui. Faites de même avec vos voisins quand vous les rencontrez pour la première fois.
- Il est très cordial d'inviter ses nouveaux voisins autour d'un apéritif afin de faire plus ample connaissance.

- L'idéal dans les rapports de voisinage est de trouver un juste milieu entre la sympathie envahissante (la voisine croit que votre palier est une annexe de son salon) et l'antipathie immédiate (votre jeune voisin joue de la guitare électrique ou de la batterie). Ce point d'équilibre peut se trouver dans la « gentille indifférence » ou une « distance aimable ».
- Il est courtois de se saluer, d'échanger quelques mots, de bloquer l'ascenseur en attendant que le voisin ferme sa porte, de lui signaler que la lumière est restée allumée sur sa terrasse, de lui indiquer qu'une grosse enveloppe dépasse de sa boîte aux lettres, etc.
- Si l'on sympathise avec son voisin de palier, il est très pratique d'échanger de petits services : prendre son courrier en son absence, se prêter une clé de 12, se dépanner quand il manque un œuf pour finir sa recette, etc. Tout cela est agréable quand on reste raisonnable (c'est-à-dire que son frigo ne doit pas être une annexe du vôtre et que son marteau ne doit pas rester dans votre boîte à outils).

Bruit et autres nuisances...

- Il convient de ne pas faire trop de bruit pour ne pas gêner ses voisins, notamment la nuit ou les week-ends. Évidemment, la chose est encore plus recommandée si l'immeuble souffre d'une mauvaise insonorisation. Ainsi, on est vigilante sur le tic-tic des talons aiguilles qui résonnent sur 3 étages, les horaires de violon du petit dernier, les dîners entre amis où l'on rit à gorge déployée, la musique en *dolby stéréo surround*, le volume sonore de la télé, la débroussailleuse le dimanche matin... La législation veut que le « tapage » soit puni de nuit comme de jour.
- Si l'on prévoit une petite fête (ou des travaux ponctuels), il est appréciable de prévenir ses voisins et de s'excuser à l'avance pour le dérangement. Une petite note dans l'ascenseur ou la boîte aux lettres est indiquée dans ce cas.
- On est priée d'apprendre à son chien à ne pas aboyer en son absence.

- Si, dans un moment d'égarement, on fait à l'Homme la liste de tout ce qu'on lui reproche, on évite de hurler, surtout si les baies vitrées sont ouvertes.
- Les odeurs de barbecue ne sont agréables que lorsqu'on mange soi-même les chipolatas qui sont en train de griller (à moins d'inviter ses voisins à les partager).

LE PETIT PLUS QUI FAIT LA DIFFÉRENCE

C'est la durée, la répétition et l'intensité d'un bruit qui peuvent en faire une nuisance. Une petite fête de temps en temps, c'est pardonnable. Une grande bamboula tous les samedis, c'est plus difficile à faire passer.

En cas de litiges

- On tente toujours la solution à l'amiable : la dame du dessus passe l'aspirateur à 6 heures, tous les jours ? Allez la voir et, très gentiment, expliquez-lui la gêne occasionnée par son comportement. Normalement, elle devrait cesser.
- Les locataires d'à côté copulent comme des bêtes jusqu'à 2 heures du matin ? La chose est plus délicate... Vous pouvez, au choix : acheter des boules Quies, taper du poing contre le mur (ça n'est pas poli, mais ça soulage), faire encore plus de bruit avec votre homme pour montrer que, chez vous aussi, tout va bien.
- Si les problèmes ne trouvent pas de solution à l'amiable, vous pouvez également adresser une lettre recommandée avec accusé de réception afin de signaler votre problème. Vous pouvez aussi prévenir le syndic.
- En aucun cas, ne vous lancez dans des hostilités pénibles (insultes, lettres anonymes, menaces, etc.) au risque de créer un climat insupportable et de jouer au jeu de celui-qui-déménagera-le-premier (... ça peut durer 10 ans).
- Pour tous les problèmes sérieux ou graves (« Les branches de son arbre fruitier dépassent dans mon jardin, le voisin a construit un mur qui me

bouche la vue, il est obligé de traverser mon terrain pour rejoindre sa maison, etc. »), adressez-vous à des services de défense du consommateur, faites constater par huissier et usez de moyens légaux pour clarifier la situation.

SITUATION DE CRISE : « JE DONNE COMBIEN À LA GARDIENNE POUR SES ÉTRENNES ? »

En fin d'année, toute une foule se presse à votre porte pour vendre son calendrier ou faire valoir ses bons et loyaux services.

• Ne vous cachez pas derrière votre porte close (bien souvent, ils repassent plus tard).

• Réfléchissez à l'avance à ce que vous voulez donner pour ne pas céder à des gestes impulsifs (donner un billet de 50 €).

• Gardez quelques pièces de monnaie à portée de main pour ne pas être prise au dépourvu.

• Le montant donné dépend de vos moyens et des relations que vous entretenez avec les différents corps de métier :

— les éboueurs : entre 2 et 8 € ;

— les pompiers : entre 5 et 10 € (cela ne fait pas cher pour recevoir un sublime calendrier représentant toute la brigade en uniforme, véritable objet de fantasmes fétichistes) ;

— le facteur : entre 5 et 10 € (son calendrier avec des chiots est déjà moins excitant...) ;

— la femme de ménage : tout dépend du nombre d'heures où vous l'employez. À temps plein, vous pouvez aller jusqu'à un treizième mois. Quelques heures par semaine, cela peut aller jusqu'à la moitié de sa rétribution mensuelle. Vous pouvez également lui offrir quelque chose de plus personnel ;

— la gardienne : prévoyez environ 10 % du loyer mensuel (si vous êtes propriétaire, renseignez-vous auprès du voisinage)

Famille

Premier cercle relationnel autour de vous, la famille est un lieu où le savoir-vivre s'apprend et s'exerce. C'est aussi un cadre où l'on peut lâcher un peu la bride, se laisser aller et faire tomber les masques. Chez vos parents, vous vous permettez de mettre les pieds sur le canapé, de tremper le doigt dans la sauce ou de traîner en chaussons Mickey. Ce n'est pas pour cela que vous êtes impolie : vous savez que vous ne serez pas jugée, que votre image de FATDTLD (fille-au-top-dans-tous-les-domaines) ne sera pas écornée, que les gens qui vous entourent ne vous retireront pas leur amour pour cela.

Vos parents, frères et sœurs, oncles et tantes et *tutti quanti* sont autant de personnes envers qui vous devez appliquer les règles habituelles de courtoisie, de politesse et de bienveillance. La dimension affective qui vous lie à eux ajoute pourtant une tonalité différente : parler d'un savoir-vivre propre à la famille reviendrait à faire une étude psychologique, et ça, c'est autre chose...

En revanche, dans le cadre familial, se présentent des situations particulières sur le plan des convenances qui méritent de s'y intéresser de plus près. Prenons l'exemple des fêtes de fin d'année, période des traditionnels repas de famille, qui résument à eux seuls toutes les difficultés que l'on peut rencontrer avec les membres de son clan.

Passer Noël en famille

Comme 90 % de la population, vous passez Noël dans votre tribu, vous mangez une dinde aux marrons, vous vous extasiez sur les progrès du petit dernier et écoutez Tatie Ginette raconter pour la 112 e fois comment elle a trouvé un billet de Loto gagnant dans la rue en 1976.

Quand vous étiez enfant, cette période était magique, pleine d'émotions, d'émerveillements et de plaisirs (surtout avec la Barbie et sa robe féerique que vous avez reçue pour vos 7 ans). Maintenant, c'est vous qui reprenez le flambeau des traditions familiales et qui recevez tout votre petit monde le 24 au soir. Et là, c'est nettement moins drôle...

LE PETIT PLUS QUI FAIT LA DIFFÉRENCE

Fête familiale par excellence, Noël est le moment ou jamais de penser à vos proches. Si vous ne deviez les appeler qu'une fois par an, ce serait ce jour-là. Si, de façon exceptionnelle, vous ne pouviez participer au repas traditionnel, n'oubliez pas de téléphoner et – pourquoi pas ? – d'organiser une mini-fête de rattrapage dès que possible.

On fait ça chez qui ?

Célibataire, vous ne vous posez pas la question : c'est Maman qui fait rôtir le chapon. Dès que l'on est en couple, le problème se corse... il se joue une espèce de compétition entre mère et belle-mère pour savoir qui des deux aura cuisiné la meilleure farce aux marrons (le dilemme est le même en cas de parents divorcés). Solutions pour ne froisser personne :

— Se partager : dîner chez les uns, déjeuner le lendemain chez les autres.

— Alterner une année sur l'autre.

— Inviter tout le monde chez vous.

— Inviter vos beaux-parents chez vos parents, et inversement.

Les treize desserts

Grosse préoccupation pendant cette période, le menu peut être un thème de débat dès le mois de septembre. Si la fête se passe chez vous, vous êtes libre de moderniser un peu le festin traditionnel (du saumon mariné plutôt que fumé, de l'autruche plutôt que de la dinde, etc.), tout en respectant les goûts de Mamie Yvonne qui attend le foie gras de Noël comme le retour du Messie.

LE PETIT PLUS QUI FAIT LA DIFFÉRENCE

Si vous manquez d'idée, pourquoi ne pas regarder du côté des pays étrangers et préparer les plats traditionnels de Noël en Italie, au Portugal, au Maroc et tant d'autres ?

Si vous êtes invitée, redoublez de prévenance envers celle qui organise le dîner : les courses de Noël se font toujours dans la frénésie et les grandes tablées sont difficiles à gérer quand on n'en a pas l'habitude.

- Proposez de prendre en charge un élément du menu pour soulager la maîtresse de maison (un assortiment de pains, le fromage, etc.).
- Apportez votre aide pour dresser la table, décortiquer les crevettes, tartiner le tarama ou couper le pâté en croûte.
- Si vous n'aimez pas les huîtres, si vous êtes au régime ou que la bûche au beurre vous soulève le cœur, ne boudez pas comme quand vous aviez 6 ans. Rappelez-vous que le Père Noël n'apporte des cadeaux qu'aux enfants sages.

Heureusement que ce n'est qu'une fois par an...

Vous savez que, pendant cette réunion de famille, les sujets délicats seront sûrement abordés.

Au choix :

- « Alors, quand est-ce que tu nous présentes quelqu'un ? »
- « Alors, Philippe, quand est-ce que vous épousez ma fille ? »
- « Alors, les amoureux, quand est-ce que vous mettez un petit en route ? »
- « Tu n'as pas un peu grossi ? »
- « 1 de perdu, 10 de retrouvés ! »

Évidemment, même si ces gens sont proches de vous par les liens de sang, ils ont peut-être des modes de vie totalement différents, des goûts très éloignés, des centres d'intérêt à 10 000 lieux des vôtres... Rappelez-vous que vous ne les avez pas choisis. Pour autant :

— même si c'est difficile, essayez de vous souvenir du prénom des 4 gamins insupportables de votre cousine ;

— demandez des nouvelles de tout le monde et ayez l'air intéressée par les réponses ;

— même si c'est très pénible, souriez aux blagues de Tonton Édouard, et soyez indulgente quand Enzo (3 ans) massacre *Petit Papa Noël* ;

— n'évoquez pas les secrets de famille, les sujets lourds ou les rancœurs anciennes. Ne profitez pas de la réunion pour régler vos comptes ou pour annoncer une nouvelle fracassante – vous gâcheriez la fête de tout le monde ;

— si l'ambiance est vraiment insupportable, ne tentez pas de vous pendre avec une guirlande – le sapin ne résisterait pas à votre poids.

Les cadeaux

Vous n'avez pas oublié vos petits souliers. Les autres non plus. Le choix des cadeaux fait partie de tous les casse-tête de la période des fêtes... Pourtant, avouez-le, vous avez sûrement écrit votre petite liste vous aussi !

Rappelons-le, ce n'est pas tant la valeur des cadeaux qui compte, mais plutôt leur sens, leur implication affective (une belle photo de tous ses petits-enfants dans un joli cadre fera peut-être plus plaisir à une grand-mère qu'un énième foulard en soie).

Quelles sont les règles à suivre pour offrir un présent ?

- Pour vous, le bon cadeau sera celui qui répondra à plusieurs critères : il correspondra aux goûts de son destinataire, sera plus ou moins original, ne vous coûtera pas trop cher, etc. Autant dire qu'il vaut mieux réfléchir à l'avance... N'hésitez pas à faire vos achats bien en amont pour ne pas être dans la précipitation et finir par offrir encore une cravate à Papi François. Vous pouvez très bien trouver un objet très original sur le marché pendant vos vacances d'été et le garder jusqu'aux fêtes.

- Si vous devez acheter quelque chose pour des enfants, parlez-en d'abord aux parents : ils auront sûrement des idées à vous suggérer (les petits commencent à réfléchir à leur liste plusieurs mois à l'avance), ils vous éviteront les doublons (« Mais je l'ai déjà, cet Action Man ! ») et surtout ils vous donneront leur avis (« Non, pas de console de jeux à la maison ! », « Non, pas de mitraillette force laser ! », « Non, pas de mini-aspirateur pour-faire-comme-maman »).
- Essayez de vous souvenir de vos achats de l'an dernier : ce serait dommage d'offrir une deuxième fois un rasoir électrique à Beau-Papa.
- Si vous avez une famille très nombreuse, mettez-vous d'accord pour fixer des limites : par exemple, vous ne faites pas de cadeaux à vos 11 frères et sœurs mais seulement à leurs enfants. Entre amis, vous pouvez aussi décider de ne pas vous en faire ou alors fixer un montant maximum. Ne dérogez pas à la règle, vous gêneriez tout le monde.
- À moins d'avoir gagné à « Qui veut gagner des millions ? », n'achetez rien qui soit hors de prix pour vous faire mousser. Vos amis seront très gênés, n'oseront accepter et se sentiront miteux en vous donnant le petit paquet qu'ils vous destinaient.
- Ne refilez pas aux autres les horreurs que vous avez reçues... dans ce jeu du « passe à ton voisin », vous pourriez bien réoffrir à votre cousine le porte-clés qu'elle a donné à votre sœur, qui elle-même vous en a fait cadeau...
- Ne faites pas ouvertement de préférences : il ne faudrait pas que votre nièce reçoive tout l'univers de Charlotte-aux-fraises (et même ses animaux favoris Clafoutis, Pralinette et Caramiel) et votre neveu une pov' petite voiture.
- Si les ados vous réclament une « enveloppe-avec-des-sous-dedans », sachez que c'est la chose qui leur fera VRAIMENT le plus plaisir (même si vous trouvez cela désolant).
- Si vous offrez un parfum, ne croyez pas faire bien en rajoutant le déodorant assorti : ça peut être vexant.
- Ne rusez pas en emballant un agenda Monoprix dans un sac Mulberry.

Quelle attitude avoir quand on vous offre un cadeau ?

- Quel qu'il soit, remerciez sincèrement. Oui, même si votre belle-sœur vous offre une balance « pèse-calories » (*no comment*), vous devez QUAND MÊME lui dire merci.
- Même si la surprise est grande, ne faites pas une tête d'enterrement si vous êtes déçue.
- Si le cadeau vous plaît, montrez votre enthousiasme : vous êtes autorisée à faire des sauts de cabri quand l'Homme vous offre le bracelet tant convoité depuis des mois (il faut dire que vous aviez glissé la référence dans son portefeuille, punaisé la photo dans la salle de bains et pleuré en passant devant la vitrine de la bijouterie) ; vous pouvez vous asperger du parfum que vous venez de recevoir ; essayer devant tout le monde votre guêpière en dentelle... cela fera plaisir à celui qui vous l'offre.
- Vous n'êtes pas obligée d'exposer l'horrible bibelot que vous venez de déballer. Si le généreux donateur vous en fait un jour la remarque, c'est qu'il est lui-même impoli. Vous pourrez toujours lui répondre que ledit objet est sur votre étagère au bureau, ou que votre amie Catherine l'a tellement aimé que vous vous êtes résignée à le lui donner (coquine, va !).

La famille de l'autre

C'est vrai, toutes les familles ont quelque chose de bizarre. La vôtre est au premier rang. Pourtant, elle fait partie de vous, de votre histoire et, pour rien au monde, vous ne la changeriez, puisque c'est la vôtre.

En revanche, celle de l'autre est plus difficile à accepter... La vie à deux, c'est déjà compliqué, alors, quand s'ajoutent 2 ou 3 belles-sœurs, des enfants d'un premier mariage, une belle-mère plus ou moins envahissante, cela peut devenir ingérable. Ce nouveau clan, vous y entrez comme une « pièce rapportée », vous tentez de vous intégrer mais vous n'aurez jamais sur eux le regard indulgent que vous portez sur votre propre tribu.

Même si les relations sont difficiles (vous ne comprendrez jamais ces gens et ils seront toujours du côté de l'Homme), vous devez maintenir des rapports courtois et amicaux avec la famille de votre compagnon. Comment faire ?

- Trouvez un point d'équilibre : vous ne recevez pas vos parents tous les dimanches, il ne vous impose pas ses proches. Tout comme vous ne supportez pas de voir votre belle-mère débarquer chez vous à la moindre occasion, ne passez pas des heures au téléphone avec votre môman quand votre chéri est là.
- Réglez chacun vos problèmes de votre côté : c'est à l'Homme à dire à sa mère de ne plus vous faire de remarques désobligeantes sur l'éducation du petit. S'il n'ose pas faire de reproche à sa mamounette, faites-le vous-même, mais en restant très courtoise (ne prononcez rien que vous pourriez regretter pendant 10 ans, du genre : « Écoutez, Belle-Maman, vous avez élevé vos enfants comme vous le vouliez, on a vu le résultat ! »).

LA SITUATION DE CRISE : « LA 3E FEMME DE MON PÈRE EST PLUS JEUNE QUE MOI !!! »

Difficile de rester de marbre en apprenant cette nouvelle (il vous a déjà fait le coup de la secrétaire, maintenant celui de la jeunette...). Pourtant, par respect pour votre petit papa, vous devez être courtoise avec cette jeune femme qui a mis la main sur son cœur (en espérant que cela ne soit pas sur son portefeuille).

— Vous n'êtes pas obligée de devenir des copines ! Le plus important est de garder une relation courtoise et aimable. Ne lancez aucune remarque perfide en sa présence, ne la regardez pas de haut, ni de haut en bas.

— Soyez honnête avec votre père quand il vous demande ce que vous pensez de sa nouvelle fiancée : vous pouvez lui dire que vous êtes choquée, vexée, blessée... mais que vous respectez son choix et que vous souhaitez son bonheur.

— Ne cancanez pas auprès de votre fratrie en disant pis que pendre sur cette « greluche » ou en prévenant toute la famille (même les cousins du Loir-et-Cher) que votre père a succombé au démon de midi.

Les cérémonies

Les grands événements qui jalonnent la vie (naissance, mariage, décès) sont accompagnés de cérémonies qui soulignent leur importance dans la vie sociale. Y participer requiert un minimum de savoir-vivre. Les usages à respecter lors d'un mariage, par exemple, sont un sujet sur lequel on peut écrire des livres entiers (il en existe d'ailleurs des dizaines)... Sans entrer ici dans les détails du protocole, passons en revue quelques petites choses à savoir pour vous comporter comme une GFBE (grande-fille-bien-élevée) en ce genre de circonstance.

Naissance

Il s'agit de votre enfant

- Téléphonez (ou demandez au papa de le faire) au plus vite aux grands-parents, aux membres de la famille ou aux amis proches. La tradition veut que l'on informe les autres personnes avec un faire-part dans les 10 jours qui suivent la naissance. On peut également faire paraître une annonce dans la presse.
- Bien sûr, il est le plus beau de tous les bébés ; ce n'est pas la peine de poser la question : « Alors, comment tu le trouves ? » à tout le monde. Si les gens ne vous font pas de compliments spontanés, c'est que... ils sont gênés de vous dire la vérité.
- Ne racontez pas votre accouchement en long et en large. Certes, toutes les femmes qui sont passées par là aiment à comparer la longueur de leur épisiotomie et la largeur de leurs vergetures. Pourtant, attendez que l'on vous questionne avant de reprendre toute l'histoire de la perte des eaux à l'expulsion.
- De même, ne montrez pas la vidéo réalisée par le jeune papa en salle de travail.

- Même si c'est difficile les premiers temps, essayez de maintenir des relations sociales : votre bébé est devenu le centre du monde mais les autres continuent d'exister.

Il s'agit de l'enfant d'une amie, d'un membre de la famille ou autre

- Attendez que l'on vous invite pour vous rendre à la maternité : certaines mamans sont trop fatiguées pour supporter les visites ou préfèrent ne pas être vues quand elles ne sont pas à leur avantage.
- N'y allez pas si vous êtes contagieuse.
- Les fleurs ne sont pas toujours acceptées dans les chambres, téléphonez pour vous renseigner.
- En voyant le bébé, faites un compliment. Même si vous avez du mal à vous extasier sur ce ver de terre rougeaud et tout fripé, trouvez quand même quelque chose à dire (vous pouvez toujours parler du fait que tous les bébés sont attendrissants par leur fragilité).
- En voyant la jeune maman, prenez de ses nouvelles : ne lui parlez pas de son poids s'il est évident qu'il lui faudra 2 ans pour retrouver la ligne ou faites-lui des compliments si elle peut de nouveau rentrer dans son taille basse 3 jours après l'accouchement.
- Ne prenez pas l'enfant dans vos bras sans y avoir été invitée.
- Ne cherchez pas à trouver une ressemblance : cela ne fait pas toujours plaisir de savoir que son petit est le portrait craché de la Tante Suzie qui a été enfermée à l'asile à 20 ans.
- Ne faites pas de commentaire sur le prénom, même s'il vous paraît importable. (« Anne-Cerise ? ah oui, c'est fruité ! », « Léopoldina ? c'est sûr, il n'y en aura pas deux dans une même classe !)
- Demandez aux parents s'ils ont déposé une liste de naissance dans un magasin : mieux vaut choisir quelque chose d'utile.

- Si vous offrez un cadeau pour le bébé, ayez la bonne idée d'apporter un petit quelque chose pour l'aîné afin qu'il ne soit pas jaloux de ce nouvel arrivant qui est pourri gâté. On peut aussi récompenser la maman, qui le mérite bien.

Mariage

Vous vous mariez ? Le protocole de la cérémonie et de la fête qui va avec est si complexe qu'il vous est fortement conseillé de vous reporter à un guide spécialisé. En revanche, vous trouverez ci-dessous quelques conseils pour savoir comment vous comporter si vous êtes conviée à une noce :

- Répondez à l'invitation en temps et en heure : il est si difficile de tout organiser que les jeunes mariés doivent être sûrs du nombre des invités au plus tôt.
- Si vous avez reçu un faire-part ou lu une annonce dans le journal, il est courtois d'envoyer ses félicitations par le biais d'une carte de visite.
- Si l'on vous demande d'être témoin, n'y voyez pas une corvée : il s'agit d'un honneur qui montre l'importance que vous avez pour les futurs mariés. Acceptez avec joie et faites un cadeau généreux (dans la mesure de vos moyens).
- Pour être sûre de ne pas vous tromper, choisissez un présent dans la liste de mariage ou déposez une participation pour le voyage de noces. Rien de pire pour les jeunes mariés de se retrouver avec 4 vases en cristal ou 12 cendriers alors qu'ils sont non fumeurs.
- Pour ce qui est de la tenue, oubliez tout ce qui est blanc, en tulle ou en dentelle et qui pourrait ressembler de près ou de loin à la robe de la reine du jour.
- Si l'on vous confie les alliances avant la cérémonie :

  1) pensez à les prendre ;

2) ne les faites pas tomber dans une bouche d'égout (oui, oui, c'est déjà arrivé !) ;

3) ne les essayez pas.

- Même si vous ne croyez pas en cette belle institution, ne prononcez aucune phrase négative du genre : « Un mariage sur deux échoue », « Ils ne pouvaient pas se pacser ? C'est plus simple quand on se sépare ! » ou « C'est beau de voir qu'il y en a encore qui y croient ».
- Ne gâchez pas les photos en faisant des oreilles d'âne derrière la tête de votre voisin : ces clichés resteront des années dans les albums de famille.
- Si vous devez prononcer un discours, faites court. Ne fondez pas en larmes en pensant que vous avez perdu votre meilleure amie (depuis qu'elle connaît Jean-Robert, elle n'est plus la même) ou en évoquant vos souvenirs d'enfance. Ne parlez pas non plus de la vie de débauche qu'a eue Stéphanie en vous réjouissant que Paul y ait mit fin.
- On sait que les mariages sont des occasions en or pour rencontrer un fiancé potentiel : si vous venez en célibataire, soyez aux aguets sans paraître à l'affût.
- Ne faites pas tomber par terre toutes les demoiselles d'honneur en sautant comme une enragée pour être sûre d'attraper le bouquet de la mariée (si vous y parvenez, ne lancez pas de regards explicites au pauvre Pierre-Henry pour lui faire passer le message).

Enterrement

Les décès, par la solennité, la douleur et le chagrin qui les accompagnent, sont des événements qui doivent être vécus en suivant certaines prévenances afin de respecter le défunt et ses proches.

Adresser ses condoléances

- Exprimer son soutien aux personnes ayant perdu un être cher peut se faire lorsque vous assistez à l'enterrement, mais il doit surtout se manifester par écrit (que vous vous rendiez ou non aux obsèques). Dans ces circonstances, téléphoner est difficile (bien des personnes n'ont pas envie de parler) : réservez les appels à ceux dont vous êtes très proche.

- Votre lettre doit être envoyée dans les plus brefs délais.
- Les mots sont très difficiles à trouver : rappelez par exemple un souvenir agréable du défunt, manifestez votre affection et témoignez de vos regrets et de votre soutien.
- Si vous êtes croyante et que le disparu l'était aussi, vous pouvez mentionner une phrase sur le sens religieux de la mort.
- Quelques exemples de formules finales : « avec ma très respectueuse sympathie » ; « l'expression de mes sentiments profondément attristés » ; « mes très sincères condoléances ».

Les fleurs

- Vous pouvez faire livrer des fleurs au domicile du défunt, à l'église, au temple ou à l'athanée. En général, on les choisit dans les tons sombres (mauve et rouge) pour un adulte, plus clairs pour un enfant. Si vous connaissiez son goût pour une fleur en particulier, rendez-lui ce dernier hommage. Accompagnez-les d'une carte de visite.
- Si l'annonce du décès mentionnait « sans fleurs ni couronnes », respectez cette volonté.

La cérémonie

- Le noir n'est plus du tout obligatoire : porter quelque chose de sombre, de neutre et de discret convient parfaitement aux circonstances.
- Le recueillement est de rigueur.
- N'oubliez pas d'éteindre votre portable.
- Rappelez une fois de plus votre soutien à la famille en prononçant quelques paroles de réconfort.

15 ASTUCES POUR ÊTRE UNE CHIC FILLE

1. Souriez.

Sourire rend d'emblée sympathique.

2. Soyez gentille.

Être « gentille » ne veut pas seulement dire « être un peu " nunuche " ». C'est aussi une vraie qualité.

3. Soyez polie.

En voiture, ne jurez pas comme un charretier, ne faites pas de gestes obscènes ni de queue de poisson à celui qui vous a grillé la priorité. Même si, parfois, ça soulage.

4. Soyez chic.

Ne frottez pas vos pieds pleins de boue ou de caca de chien sur le tapis-brosse de votre voisin de palier pour ne pas salir le vôtre.

5. Soyez tolérante.

On n'est pas obligée d'aimer les amis de son amoureux. En revanche, on n'a pas le droit de l'en priver pour cette raison.

6. Soyez disponible et consacrez du temps aux autres.

Entretenir ses relations, c'est du boulot : ce n'est pas avec un petit mail par-ci par-là que l'on cultive les amitiés.

7. Rendez ce que l'on vous a prêté.

Si l'on vous prête quelque chose – un livre, un DVD, un vêtement – il est obligatoire de le rendre.

8. On peut demander un service à un ami.

Mais pas quelque chose que l'on ne voudrait pas faire soi-même s'il nous le demandait.

9. On est bien obligée d'accepter les pleurs du nourrisson des voisins...

... même pour la tétée de 4 heures du matin. 18 ans plus tard, on n'est pas obligée d'accepter sa sono à 4 heures du matin.

10. Votre voisin de table a du persil coincé entre les dents

Si c'est un ami, soyez sympa, dites-le-lui. Si c'est une Bimbo insupportable, laissez-la sourire de tout son râtelier.

11. Si votre gardienne épie les allées et venues...

... de tout le monde derrière son rideau, ne lui tirez pas la langue en passant.

12. N'oubliez pas les anniversaires de vos proches.

Si vous n'avez pas de mémoire, faites une fiche récapitulative et consultez-la régulièrement. Vous pouvez aussi, chaque année, consacrer 5 mn à noter toutes ces dates importantes dans votre nouvel agenda.

13. Pour faire plaisir à votre meilleure amie, acceptez d'être sa demoiselle d'honneur.

Essayez quand même de la convaincre que les robes en taffetas rose, ça ne vous fait plus rêver depuis l'âge de 9 ans.

14. Si vous avez un coup de blues...

... une petite déprime, un passage à vide, préférez rester un peu seule plutôt que d'imposer vos yeux larmoyants et vos haussements d'épaules à vos amis.

15. Présenter ses condoléances au moment d'un deuil est tout à fait normal.

Rappeler quelques jours après pour prendre des nouvelles de ceux qui restent est une preuve de sympathie.

chapitre 3

Comment recevoir

Passage obligé

Dans tous les livres concernant le savoir-vivre, le chapitre consacré à l'art de recevoir tient une place centrale. Tradition oblige : dans des temps pas si reculés, être une maîtresse de maison irréprochable était le but à atteindre, l'honneur à défendre, l'ambition absolue. Comme si accueillir, nourrir et divertir des invités était LA preuve irréfutable de sa bonne éducation, de ses qualités domestiques et de sa légitimité de femme.

Aujourd'hui, on a d'autres chats à fouetter. On a toujours envie de recevoir ses amis chez soi, de leur ouvrir sa maison, de les mettre à l'aise, de leur faire plaisir... mais on ne se demande plus quel plan de table dresser, vu que tout le monde mange sur le canapé Ikéa.

Les codes se sont simplifiés : plus personne n'envoie de bristol et l'on ne sort pas toute l'argenterie pour tremper sa tortilla dans le guacamole. Bien sûr, en certaines occasions, on fait un peu plus d'efforts... Dès que les invités sortent du cercle restreint de ceux à qui on sert des pâtes au thon sans complexes, on veut mettre les petits plats dans les grands, montrer que, nous aussi, on est « bonne à marier » (surtout si l'on reçoit ses futurs beaux-parents).

De l'apéro au dîner plus formel, voire mondain, quels que soient le degré « d'apparat » que l'on souhaite donner à sa réception et les liens qui vous unissent à vos invités, les règles de base restent inchangées : générosité, hospitalité et sympathie sont toujours efficaces.

Savoir inviter

Tout commence par là. Il ne suffit pas de lancer à la cantonade : « Hey, j'ouvre une boîte de couscous pour 8 ce soir. Vous venez ? » pour s'assurer d'une soirée réussie. Inviter se révèle être un art plein de subtilités.

Vous devrez tenir compte de plusieurs facteurs avec lesquels il faudra jongler : le type de festivité que vous souhaitez organiser, le choix de la date, le genre et le nombre d'invités.

Géométrie variable

Apéritif, petit repas entre amis, dîner « social », barbecue dans le jardin, fête costumée... De nombreuses occasions vous sont données de recevoir chez vous. Selon les cas, vous serez plus ou moins précise sur le nombre d'invités : pour un repas assis, autant de convives que de chaises confortables ou d'assiettes assorties ; pour un barbecue, vous ne monterez pas sur vos grands chevaux si l'Homme invite son équipe de volley au complet au dernier moment.

Les occasions impromptues ne nécessitent pas d'invitation très formelle : passer boire un verre chez vous, improviser une *pasta party* après une séance de ciné, prendre un café se font au débotté, en toute spontanéité.

Les invitations plus « sérieuses » se préparent à l'avance afin que vous puissiez vous organiser.

Le choix de la date

Parfois, il faut s'y prendre deux mois à l'avance pour arriver à trouver des dates disponibles dans les agendas surbookés de vos relations. Entre ceux qui sont déjà invités partout, ceux qui bossent jusqu'à pas d'heure, ceux qui ne sortent jamais en semaine, ceux qui ont des problèmes de baby-sitter, ou ceux qui partent tous les week-ends à la campagne... réussir à réunir une demi-douzaine d'invités relève parfois d'un défi digne de « Koh-Lanta ».

En regardant votre calendrier, pensez à vérifier que la date choisie n'est pas :

— une veille de week-end prolongé ;

— une période de vacances scolaires ;

— un jour de match pour l'équipe de France ;

— un soir de finale de la « Star Academy » ;

— une fête religieuse suivie par vos amis pratiquants.

Quand lancer l'invitation ?

À vous de juger du délai nécessaire pour que vos convives s'organisent. Pour un repas impromptu ou un apéro, il peut être très court, la veille ou le jour même.

Pour un dîner ou une petite fête, une à deux semaines à l'avance. S'il s'agit d'une échéance plus lointaine, pensez à demander confirmation quelques jours avant le jour fixé.

Pour un événement dont la date est impossible à changer (mariage, réveillon, anniversaire...), prévoyez plusieurs semaines, voire mois à l'avance, afin de « réserver » la présence des invités auxquels vous tenez vraiment.

LE PETIT PLUS QUI FAIT LA DIFFÉRENCE

Un couple d'amis prévu pour votre dîner de demain soir vous fait faux bond : vous allez vous retrouver en tête-à-tête avec les Dumont, qui sont loin d'être de joyeux fêtards... Invitez des amis proches qui ne se vexeront pas de faire office de « bouche-trous » : soyez honnêtes avec eux et demandez-leur de vous rendre service en se joignant à vous.

Un peu moins honnête : faites croire que vous improvisez cette soirée et que tout le monde est prévenu au dernier moment. Ils ne seront peut-être pas dupes mais vous aurez sauvé votre dîner.

L'heure du rendez-vous

Vous ajusterez l'heure selon le type de réception et votre emploi du temps :

— Pour un apéritif, on indique en général 12 h 30 et 19 h 30.

— Un déjeuner est agréable aux alentours des 13 h.

— Le goûter ou le thé se prennent vers 16 h 30.

— Un buffet dînatoire s'ouvre « à partir de 20 h ».

— Pour un dîner assis, 20 h 30 est un horaire traditionnel.

Bien entendu, si vous-même ou vos invités finissez de travailler très tard, si un impératif rentre en compte (votre invité sort de l'avion, vous devez pêcher les truites que vous allez servir, etc.), vous pourrez repousser l'horaire à 21 h. Fixer l'invitation plus tard n'est pas correct (tout le monde est mort de faim et, au bout d'une heure, on ne pense plus qu'à aller se coucher).

Comment lancer l'invitation ?

De nos jours, les cartons et autres faire-part sont vraiment réservés aux grandes occasions ou aux réceptions très mondaines.

Plus généralement, on conviera ses amis de vive voix ou par téléphone. Le mail peut être utilisé si l'on est sûr que la personne consulte sa messagerie : il peut être utile d'utiliser la fonction « demander une confirmation de lecture » pour s'assurer que le message a été ouvert.

À noter : le SMS n'est pas vraiment adapté aux invitations. Réservez-le à votre meilleure copine – « C kan tu veu pour un kfé » – ou à un rendez-vous adultérin discret – « Pierre en séminaire. Pass ce soir », par exemple.

LE PETIT PLUS QUI FAIT LA DIFFÉRENCE

Si vous souhaitez « marquer le coup » à l'occasion d'un événement un peu exceptionnel (pendaison de crémaillère, enterrement de vie de jeune fille, présentation de votre fiancé péruvien à votre bande d'amis…), envoyez un bristol à vos invités. Rappelez-vous comme vous aimiez fabriquer de jolis cartons pour vos goûters d'anniversaire… Faites pareil ! N'allez pas jusqu'à dessiner des nounours et des ballons mais mentionnez la date et l'heure de la petite « sauterie », le lieu (avec plan et codes d'accès si nécessaire). Vous montrerez ainsi l'importance que revêt pour vous cet événement.

Qui inviter ?

La réussite d'une soirée nécessite plusieurs ingrédients, dont la composition de la liste des invités. Vous êtes sûre, par exemple, de faire prendre la mayonnaise en réunissant ce boute-en-train de Philippe et Pauline qui est si bon public. Vous êtes certaine en revanche de jeter un froid en faisant se côtoyer Paul et Jean-Luc, l'un ayant ravi la fiancée de l'autre il y a quelques mois.

Si vous piochez dans votre cercle d'amis très proches, vous avez toutes les chances de trouver des sujets de conversation, de passer une soirée de détente et de franche rigolade. Veillez tout de même à ménager les susceptibilités en étant équitable dans vos invitations : si vous comptez plusieurs couples d'amis très proches, pensez à les inviter chacun à leur tour pour ne pas marquer de différences et éveiller les jalousies.

Vous devez inviter des gens que vous connaissez assez mal ? Mélangez-les à des amis dont vous savez qu'ils mettront de l'ambiance. Ils vous aideront à relancer la conversation si celle-ci tombe à plat.

En revanche, ne vous mettez pas à raconter vos souvenirs communs en vous lançant des regards de connivence : vos autres invités pourraient se sentir exclus et ne pas apprécier du tout la séquence « nostalgie ».

LE PETIT PLUS QUI FAIT LA DIFFÉRENCE

Les soirées « photos, diapos ou films de vacances » sont à réserver EXCLUSIVEMENT à ceux qui sont concernés. N'imposez pas le visionnage des exploits de vos petits à quiconque hors du cercle familial très proche. Personne d'autre ne pourra sincèrement s'émerveiller de voir votre bambin se barbouiller de chocolat, faire ses premiers pas ou barboter à la plage. Ceux qui y parviendront seront d'excellents comédiens ou de sacrés hypocrites.

Essayez de mixer les personnalités et de provoquer des rencontres intéressantes : votre amie artiste peintre sera sûrement ravie de rencontrer ce collègue passionné de photo, votre cousin antiquaire fera les délices de votre copine la brocanteuse.

Si vous connaissez un grand timide, invitez-le avec des amis extravertis qui le décoinceront un peu, etc. Ne cherchez pas non plus à provoquer des rencontres trop « extrêmes » : si le fossé est trop grand entre deux personnes, l'alchimie ne fonctionnera pas. Toute la difficulté consiste à trouver le juste équilibre entre les points communs qui font les connivences et les différences qui suscitent la curiosité.

Mettez en œuvre vos talents de psychologue et évitez certaines situations qui pourraient mettre vos invités mal à l'aise, comme réunir, par exemple :

- Nathalie en plein divorce et Jules et Gaby au retour de leur voyage de noces ;
- Patrick qui vient d'être licencié et David tout juste promu ;
- Fiona-la-nympho, Pierre-le-beau-gosse et sa femme Valérie, jalouse maladive.

Tous ces gens sont bien assez grands pour savoir se tenir, être sociables et diplomates ; pourtant, ne prenez pas de risques et faites le maximum pour vous assurer une ambiance détendue.

LE PETIT PLUS QUI FAIT LA DIFFÉRENCE

Il y a parfois des sujets qui fâchent... Ayez le tact de prévenir vos amis si un thème ne doit pas être abordé : « Paul vient de perdre son boulot, mieux vaut ne pas trop parler business ce soir » ou « Marie a des soupçons sur la fidélité de son Marc... surtout, ne va pas dire qu'il t'a draguée au *Before* hier ! »

En évitant de lancer de tels sujets, vous ne vous fatiguerez pas à mesurer vos propos et à ménager les susceptibilités.

Attention !

Aujourd'hui, les dîners habillés ne sont plus monnaie courante : réservés à certaines grandes occasions ou à un certain milieu, les smokings et autres robes en taffetas se font rares dans les placards. Le code vestimentaire est donc une information qu'on laisse de côté... on s'habille comme on veut ! Pourtant, si vous invitez des personnes que vous ne connaissez pas bien, précisez le caractère de votre soirée : « C'est un petit dîner très décontracté. »

Accueillir

Quelle que soit l'occasion pour laquelle vous recevez chez vous, les règles de l'hospitalité sont identiques : vous marquerez ou perdrez des points dès que vous ouvrirez la porte !

Imaginez un peu : vos invités viennent de passer une heure dans les bouchons, ont essayé trois fleuristes pour trouver un bouquet pas trop miteux (voir p. 110 pour connaître l'art d'offrir des fleurs), bataillé avec le plan pour localiser votre adresse, fait 10 fois le tour du pâté de maisons pour trouver à se garer, monté les 6 étages à pied... vous leur devez bien un accueil souriant et chaleureux !!!

Être prête

- Vous aviez fixé l'heure de rendez-vous à 20 h 30 : soyez prête à temps ! Sans doute que vos amis auront un peu de retard (si vous les connaissez bien, vous avez l'habitude de leur manque de ponctualité et pouvez prendre en compte ce délai supplémentaire dans votre planning). Ce n'est pas une raison pour leur ouvrir la porte un masque au concombre sur la figure et les cheveux mouillés.
- Prenez la peine de les accueillir sur le pas de la porte (et pas seulement de hurler : « C'est ouveeeeeeert ! » du fond de la cuisine).
- Ne les plantez pas dans le salon en disant : « Asseyez-vous, faites comme chez vous » et en disparaissant pour aller éplucher les patates. S'ils avaient su, ils auraient pris leur temps...

Être une hôtesse charmante

- Débarrassez-les de leurs affaires dès l'arrivée : manteaux, sacs et parapluie dégoulinant les gêneront pour s'installer. Ne roulez pas tout en boule mais pendez les vêtements sur des cintres ou sur un portemanteau. Sinon, placez-les bien étalés sur un lit.

- Soyez souriante, demandez des nouvelles, intéressez-vous à vos invités. Même si vous détestez la femme de Samuel, prenez sur vous et demandez-lui comment vont ses deux a-do-ra-bles bambins.
- Proposez rapidement quelque chose à boire, même si vous n'avez que de l'eau. Ne soyez jamais prise au dépourvu (ça vous évitera de courir chez l'épicier du coin et de laisser vos visiteurs plantés là) : ayez en réserve quelques bouteilles de jus de fruits, de soda, d'apéritifs et de quoi faire du café et du thé. Ayez toujours des glaçons de prêts. De même, gardez toujours de quoi grignoter (biscuits d'apéritif, cacahouètes) en prévision d'une visite impromptue. Lors de votre prochaine crise de boulimie, ne dévalisez pas ces provisions-là, vous seriez trop désappointée en cas de visite.
- Éteignez la télé, même si vos invités débarquent juste au moment où se joue le dénouement de votre série favorite / le but final est marqué / la question à 1 million d'euros est posée.

Avoir une maison accueillante

Que vous ayez un studio et un clic-clac ou un loft meublé design, c'est l'attention que vous mettrez dans les petits détails qui rendra votre maison chaleureuse et conviviale pour vos invités.

- Quelle que soit la saison, maintenez une température agréable : mettez le chauffage à fond s'il le faut (tant pis pour la note d'électricité) mais il n'y a rien de pire que d'avoir froid pour glacer l'ambiance d'une soirée. Si votre installation n'est pas très efficace, proposez des pulls à ceux qui bleuissent.

LE PETIT PLUS QUI FAIT LA DIFFÉRENCE

Si vous avez la chance d'avoir une cheminée, préparez une bonne flambée pour réchauffer l'atmosphère. Rien de plus convivial et de plus relaxant pour passer une soirée agréable.

- En cas de grosses chaleurs, si vous n'avez pas la climatisation, prévoyez un ventilateur ou ouvrez les fenêtres pour faire circuler l'air.

- Veillez à ce que votre maison soit propre et rangée. Bien entendu, personne n'ira vérifier l'état de vos placards ou de la chambre du fond (vous pouvez donc y entasser tout ce qui n'a pas de place bien définie) ; en revanche, tout le monde verra la couche de poussière sur le buffet ou les poils du chat blanc sur les coussins du canapé. On aura l'appétit coupé si votre cuisine suinte l'huile ou que les fourmis se régalent des miettes...
- Ne laissez pas traîner les jouets du petit sur le tapis, rangez le panier de linge à repasser, cachez les pantoufles avachies de l'Homme... toutes ces choses que vous ne voyez même plus tant vous avez l'habitude de les laisser envahir votre salon !
- Si vous recevez des fumeurs, prévoyez des cendriers, des allumettes et des bougies parfumées. Si vous ne souhaitez pas que l'on fume chez vous, proposez un bout de terrasse, de balcon ou de jardin et fournissez un vêtement chaud à celui qui ira s'en griller une dehors.
- Assurez-vous que vos toilettes soient immaculées et fournies en papier hygiénique, que la salle de bains dispose de savon et de serviettes. Vous pouvez pousser le raffinement jusqu'à laisser à disposition des échantillons de parfum, de crème pour les mains, un peigne (propre !) autour du lave-mains.
- Un bouquet de fleurs fraîches est toujours le signe du soin que l'on apporte à son intérieur et, par là, à ceux qui y sont invités.

Apéro et petites dînettes

Cochez les cases qui vous concernent :

- Vous n'avez qu'une table basse.
- Vous n'avez qu'un four à micro-ondes.
- Vous n'avez pas du tout envie de vous fatiguer.

o Vos talents de cuisinière se limitent à l'omelette (et encore).

Vous avez coché plusieurs cases ? Vous avez le profil type de l'adepte de la dînette !

Organiser un repas traditionnel (c'est-à-dire assis à table) nécessite un minimum de matériel : une table, des chaises, des ustensiles de cuisine... et quelques qualités ménagères. Que vous soyez dépourvue de tout cela ne vous empêche pas de recevoir chez vous : il vous suffit de changer les codes.

L'apéritif dînatoire ou le buffet sont des formules très pratiques et très agréables si l'on respecte certaines règles de base :

1. Invités choisis

En général, on réserve ce genre de formules à des proches, des familiers ou des personnes qui ne s'embarrassent pas du protocole.

2. Places assises

Limitez le nombre de vos invités aux possibilités de places assises : canapé, chaises, tabourets, poufs, etc. sont disposés autour de la table basse (il faut bien pouvoir poser les verres quelque part !).

Ne soyez pas trop optimiste : on peut caser 4 personnes sur un canapé à 3 places, mais pas plus ! Rien de pire que d'être coincé sur un clic-clac, le coude de son voisin enfoncé dans les côtes, l'assiette de taboulé posée en équilibre sur les genoux.

Attention ! n'allez pas jusqu'à les faire manger à même le sol, assis par terre ou à genoux sur un coussin : même « à la bonne franquette », une soirée qui déclenche une sciatique ou un lumbago reste un mauvais souvenir.

3. Nourriture adaptée

Plusieurs options sont possibles : ou bien un plat unique que vous servez à chacun ou bien un assortiment de choses que les convives choisissent eux-mêmes. En général, on prévoit un buffet froid où les salades composées, les quiches, la charcuterie, les fromages, etc. ont la place d'honneur.

Essayez de préparer des plats qui se mangent facilement : oubliez les crevettes à décortiquer, les tranches de rosbif à découper, les sauces trop liquides... Privilégiez ce qui se mange avec les doigts, ce qui est prédécoupé ou présenté en bouchées. Limitez les aliments gras si vous tenez à votre canapé en tissu.

4. Soignez le détail

Comme vous ne dressez pas de table, soignez particulièrement la déco de votre petit buffet : quelques bougies, serviettes en papier assorties aux assiettes, plats bien présentés, etc.

CAS PRATIQUE

« Comment faire croire que tout ce que je sers est "fait maison" alors que tout sort du congélateur ou de chez le traiteur ? »

Petites astuces pour tricher en beauté :

- **Sortez toutes les quiches et autres pizzas congelées de leurs plats métalliques. Transférez-les dans des plats à tarte traditionnels.**
- **Écrasez un peu le bord des tartelettes et déplacez un peu les fruits trop bien alignés.**
- **Réchauffez un peu trop le gratin dauphinois pour lui donner un petit aspect « Je l'ai oublié au four » très crédible.**
- **Faites revenir un oignon dans un peu d'huile : cela parfumera tout votre appartement comme si vous veniez de faire la cuisine pendant 2 heures.**

Règles absolues :

- Veillez au confort de vos invités : rajoutez des coussins dans leur dos, laissez votre meilleur fauteuil à votre amie enceinte, retirez leur assiette dès qu'ils ont terminé, etc.
- Fournissez suffisamment de serviettes en papier pour limiter les traces de doigts poisseux.
- Ayez toujours du détachant sous la main.

Le dîner

Vous avez toujours rêvé d'être comédienne, de briller sous les sunlights, de donner le meilleur de vous-même ? Pourtant, si vos talents dramaturgiques n'ont pas dépassé la salle des fêtes de Plouderec-les-Bains, voici la solution pour assouvir votre besoin de reconnaissance : organisez des dîners !

Comme une actrice qui répète, travaille son texte, se maquille, vous ferez les courses, le ménage et la cuisine, mettrez une jolie nappe et une belle robe. Ensuite, vous entrerez en scène, multipliant les rôles, débarrassant les assiettes d'une main, remplissant les verres de l'autre tout en soutenant habilement la conversation. Vous vous réjouirez d'entendre les « hummmm », les « ahhhhhhh » que feront vos invités en dégustant vos petits plats, vous recueillerez les compliments, les bravos de votre public, direz modestement : « N'en jetez pas tant, c'était si simple ! », et enfin fermerez le rideau, ayant puisé dans vos ultimes ressources, vidée mais heu-reu-se.

Recevoir pour un dîner est un véritable art, régi par des codes, des règles plus ou moins anciennes qu'il faut respecter pour offrir ce que l'on a de mieux à ses convives. En vous donnant du mal, vous faites honneur à vos invités, vous leur portez de l'intérêt et vous les remerciez de leur visite. Si votre grand-maman passait des heures à régler les derniers détails avant d'accueillir ses hôtes (votre mère, par esprit d'opposition, n'a jamais vraiment dressé une table : chez elle, c'était plutôt ambiance ashram...), vous avez, avouez-le, d'autres priorités. Partons du principe que vous n'aurez ni le temps, ni l'envie de sortir tout le tralala et voyons comment adapter la tradition à nos mœurs actuelles...

Dresser la table

Que faisait Grand-Maman quand elle « recevait du monde » ?

Pour elle, la beauté de la table était une mise en appétit. Quelle patience elle avait ! Vous la revoyez en train d'astiquer sa ménagère en argenterie

(112 pièces), disposer avec grâce toute une ribambelle de verres d'une grande finesse (à laver à la main exclusivement) et repasser les faux plis de sa nappe blanche damassée.

Comment vous adapter

Aujourd'hui, la gamme des couverts, verres et assiettes est très vaste, du plus raffiné au plus basique, du plus précieux au plus solide, en passant par le « tendance » ou même le « vintage ». La traditionnelle orfèvrerie que recoivent en cadeau les jeunes mariés n'est plus ce qu'elle était (le mariage n'est plus ce qu'il était non plus !). On renouvelle sa vaisselle plus souvent, on n'achète que les pièces utiles (exit la chocolatière, les assiettes à escargots, etc.). C'est pourquoi vous ne disposez sans doute pas des 12 fourchettes à gâteau et encore moins des 12 couverts à poisson qu'aurait eus une jeune femme au siècle dernier. Comment faire alors ?

Gardez le principe de votre aïeule et alternez deux sortes de vaisselles et de couverts : des pièces robustes et faciles d'entretien pour « tous les jours » et d'autres, plus raffinées, que vous n'utiliserez qu'à l'occasion de vos dîners. Choisissez des modèles classiques pour ne pas vous en lasser et, surtout, vérifiez que le tout résiste bien au lave-vaisselle.

Si vous avez hérité de la porcelaine de Sèvres familiale, n'hésitez pas à l'utiliser fréquemment : ce serait dommage de ne pas profiter de quelque chose de beau. En revanche, essayez de la garder pour des dîners intimes : peu d'invités = moins d'assiettes à laver à la main et moins de risques de casse.

LE PETIT PLUS QUI FAIT LA DIFFÉRENCE

Tout ce qui est ébréché, fendu, délavé... est à proscrire. Mieux vaut de la vaisselle à petit prix mais éclatante que du Baccarat ou du Haviland au décor passé.

Comment disposer tout ça sur la table ?

Tout d'abord, rappelons qu'il est d'usage de dresser la table **avant l'arrivée des invités** : vous aurez sans doute autre chose à faire à la dernière minute (courir chez l'épicier acheter le sel que vous avez oublié, rattraper votre trait de khôl qui bave dans les vapeurs de cuisine, etc.).

La nappe est obligatoire pour un dîner (des sets de table sont acceptables pour un déjeuner). Veillez à ce qu'elle soit :

- propre (la tache de vin ou de bolognaise du dernier repas doit être totalement éliminée ; si ce n'est pas le cas, plaignez-vous auprès du fabricant de lessive pour publicité mensongère) ;
- repassée (cela va de soi... mais l'usage veut qu'elle soit également lisse, c'est-à-dire que vous ayez repassé les plis une fois la nappe étendue) ;
- neutre (certains décors très bariolés peuvent habilement cacher les taches mais ne mettent en valeur ni votre vaisselle ni vos plats) ;
- en tissu (même si la toile cirée est très pratique pour nettoyer facilement les « splash » de purée de vos enfants, elle est vraiment trop « ordinaire » pour vos invités).

LE PETIT PLUS QUI FAIT LA DIFFÉRENCE

Placez un molleton sous la nappe pour rendre le contact de la table plus doux, éviter le choc de la vaisselle et les bruits des verres que l'on pose.

Choisissez les **serviettes**, de préférence en tissu, assorties à la nappe. Bien entendu, pour plus de facilité (moins de lavage et de repassage), on peut utiliser des serviettes en papier : pour compenser, ne lésinez pas sur la qualité et sur le décor.

Pour les repas familiaux, la serviette peut être posée à gauche de l'assiette ou disposée dans un rond de serviette. Pour les repas plus formels, elle est pliée en triangle sur l'assiette ou en rectangle, à gauche.

Ne vous lancez pas dans de savants pliages (pour mettre en pratique vos cours d'origami) et ne la coincez pas, roulée, dans un verre. Cela ne se fait que dans les restaurants !

Placez les assiettes au bord de la table et suffisamment espacées pour que les convives ne se sentent pas coincés. Si votre table est trop petite pour recevoir tous vos invités, essayez de trouver un système de rallonge (parfois, on peut poser un plateau plus grand sur le dessus).

En général, on ne place qu'une seule assiette par personne, à moins de glisser en dessous ces grands plats de présentation qui ne bougent pas tout au long du repas. Si vous servez un potage, vous pourrez disposer l'assiette creuse par-dessus.

Une assiette à pain placée à gauche permet de moins se fatiguer pour ramasser les miettes. C'est aussi un détail de grand raffinement.

Même si vos invités insistent (« Tu plaisantes, on va la garder !!! » ou « Regarde, j'ai tout saucé, elle est propre !!!»), changez-la quand même entre chaque plat.

LE PETIT PLUS QUI FAIT LA DIFFÉRENCE

Même discrètement, ne retournez pas votre écuelle pour voir si elle vient d'une manufacture de Limoges ou d'une vente en lots de chez « Tout pour rien ».

Les couverts sont utilisés dans l'ordre dans lequel ils se présentent, de l'extérieur vers l'intérieur. Ils se placent de la façon suivante (de gauche à droite) :

- à gauche de l'assiette : fourchette à poisson puis fourchette normale. Il n'existe pas de dérogation pour les gauchers !
- à droite : couteau, couteau à poisson, cuillère à potage. Les couverts à poisson sont optionnels (ils se font plus rares aujourd'hui, même dans les restaurants).

Les fourchettes se placent la pointe vers le bas, les couteaux les dents tournés vers l'assiette.

Traditionnellement, les couverts à fromage et dessert sont donnés au moment où arrivent ces plats. On peut cependant les placer à l'horizontale entre les verres et l'assiette pour éviter de se déplacer pendant le repas.

Les verres se disposent dans l'ordre décroissant de leur taille : en général, un verre à eau (le plus grand) et un verre à vin (le plus petit) suffisent. Pourtant, selon la solennité du repas et le nombre de vins servis, on peut ajouter un verre à vin blanc (plus petit encore que le verre à vin rouge) et une flûte à champagne.

La décoration se fera au gré de votre fantaisie et de vos goûts. Bougies, photophores, galets, pétales de rose... n'hésitez pas à opter pour le « thématique » qui montre que vous vous donnez du mal (c'est toujours un bon point de pris !). Pensez surtout à l'harmonie des couleurs entre la nappe, les serviettes et vos objets décoratifs. Ne surchargez pas votre table : n'oubliez pas que vous allez devoir poser des plats.

LE PETIT PLUS QUI FAIT LA DIFFÉRENCE

Si vous souhaitez fleurir la table, oubliez les grands bouquets qui cachent les voisins d'en face ou les fleurs trop odorantes qui peuvent soulever le cœur ou encore tacher la nappe.

Sur la table, on peut trouver aussi :

— une carafe d'eau – si l'usage ne le permet pas vraiment, on tolère des bouteilles d'eau minérale, notamment s'il s'agit d'eau pétillante (mais seulement dans des bouteilles en verre) ;

— une ou plusieurs petites salières (et pas le gros pot bleu qui n'est utilisé qu'en cuisine) ;

— des porte-couteaux (c'est un détail raffiné et très utile si vous avez une nappe particulièrement fragile).

Mais en aucun cas :

— des cure-dents (*no comment*) ;

— des essuie-tout en guise de serviettes ;

— des cendriers (on ne fume pas à table).

CAS PRATIQUE : « MON VERRE EST VIDE : PUIS-JE ME SERVIR MOI-MÊME ? »

À moins d'être entre filles, vous ne le pouvez pas, cette tâche est dévolue aux hommes. Si votre voisin est un mufle qui ne s'aperçoit pas que votre verre est vide, demandez-lui discrètement de vous servir ou bien lancez une remarque astucieuse (« J'adore ce château-margot ; il est délicieux, n'est ce pas ? ») – ce qui devrait le faire réagir. En aucun cas, ne brandissez votre verre en disant : « Hé oh, sommelier, j'ai le gosier tout sec ! »

TESTEZ VOS CONNAISSANCES

— On doit décanter le vin blanc. Vrai ou faux ?
Faux. Seuls les vins rouges se servent en carafe, cela permet de les aérer mais aussi d'en apprécier la couleur.

— Si l'on ne veut pas en boire, on met sa main sur son verre. Vrai ou faux ?
Faux. On ne dit pas non plus : « Non, non, non !!! » ou « Je suis déjà complètement pompette ! » en agitant furieusement ses mains... Dites simplement et discrètement : « Non merci » au moment où l'on approche la bouteille de votre verre.

— « Je ne dois pas tendre mon verre mais le soulever légèrement. » Vrai ou faux ?
Vrai. Si vous êtes servie par un domestique, le verre doit rester sur la table.

— On peut faire tourner le vin dans sa bouche pour goûter le vin. Vrai ou faux ?
Faux. Vous n'assistez pas à un cours d'œnologie ! On boit à petites gorgées, discrètement, sans faire de bruit ni de grimaces (et sans chercher le seau pour recracher).

— Si l'on sert un grand cru, il est poli de finir son verre. Vrai ou faux ?
Vrai. Mieux vaut ne pas se faire resservir si l'on ne souhaite pas boire davantage mais il est préférable de ne pas gâcher un précieux breuvage.

Placer les invités

Tous les manuels de savoir-vivre évoquent la préséance, soit l'art de respecter la hiérarchie protocolaire qui définit la place à attribuer aux invités. Il existe en effet de nombreuses règles à respecter, prenant en compte l'âge, les fonctions occupées et le degré d'intimité des convives. Ces usages ne s'appliquent qu'aux repas très formels, cérémonieux, voire officiels.

Des livres entiers sont consacrés au protocole de la table : cet art est si subtil que nous vous conseillerons de vous y reporter si un jour vous avez l'occasion de vous poser la question épineuse : « Qui de l'académicien ou du colonel dois-je placer à ma droite ? » Il est probable que cela ne vous arrive jamais...

C'est pourquoi nous ne parlerons ici que des cas les plus simples et les plus fréquents.

Quelles sont les règles générales qu'il faut garder en tête ?

En France, le maître et la maîtresse de maison président face à face, en milieu du grand côté de la table (en Angleterre, ils s'installent à chaque extrémité).

Les places d'honneur se trouvent à la droite et à la gauche de la maîtresse de maison : c'est là que l'on fait asseoir une personne qui vient pour la première fois, un invité prestigieux ou étranger, ou encore quelqu'un à qui l'on souhaite marquer son affection. Un ecclésiastique sera à la droite de la maîtresse de maison.

On alterne un homme avec une femme (on essaye de prévoir en faisant ses invitations, quitte à inviter un ou une amie célibataire pour équilibrer).

On sépare les couples (mariés, pacsés, vivant dans le péché...), à moins que cela ne soit un très jeune couple (moins d'un an de vie commune).

Pour un dîner très simple, entre amis, on s'assoit comme on veut, selon ses affinités, les hommes alternant en général avec les femmes.

LA SITUATION DE CRISE

Parfois, on place ses invités selon des critères beaucoup moins protocolaires :
— Vous disposez de peu d'espace et certains sièges sont un peu « serrés » : c'est là que vous ferez asseoir les plus minces.
— Vous vous mettrez au plus près de la cuisine pour ne pas faire lever tout le monde à chaque changement de plat.
— Vous prendrez la plus mauvaise chaise (celle dont le ressort perfore les fesses), la place dans le courant d'air ou le pied de la table entre les jambes.

À table !

La maîtresse de maison donne le signal pour passer à table : arrangez-vous pour que le début du repas ait lieu entre 1/2 h et 1 h après l'arrivée de vos invités, sinon tout le monde sera mort de faim.

Vous devez indiquer leurs places aux convives et les inviter à s'asseoir (les hommes doivent attendre que toutes les femmes soient installées).

De même, c'est vous qui donnerez le signal pour se lever en fin de repas.

Établir un menu

« Qu'est-ce que je vais bien pouvoir leur faire à manger ?!? »

Sûrement, vous seriez tentée d'ouvrir un sachet de salade, de décongeler 2 pizzas et d'acheter une Vianetta à la pistache, mais vous avez peur que votre future belle-mère s'inquiète pour l'avenir diététique de son petit chéri ou que les copains rugbymen de l'Homme ne croient qu'il ne s'agit que de l'apéritif.

Plusieurs critères seront pris en compte au moment de réfléchir au menu :

1. Vos talents culinaires (on ne tente pas un canard à l'orange quand on rate les œufs brouillés).
2. Le temps dont vous disposez (on laisse tomber tout ce qui mijote si l'on a moins de 2 h pour préparer un dîner).

3. Les goûts particuliers de vos invités (si on invite en même temps un végétarien, un ami qui n'aime pas le poisson et un allergique au gluten, imaginez le casse-tête !).
4. L'occasion (on oublie la dinde aux marrons pour un soir d'été...).
5. Ce que vous leur avez servi la dernière fois (O.K !, le porc au caramel, c'est votre spécialité, mais on se lasse de tout, n'est-ce pas ?).

Selon le degré de « sérieux » du dîner, vous proposerez des menus plus ou moins élaborés :

— pour un repas familial, amical, etc. : vous pourrez zapper l'entrée (surtout si vous offrez un apéritif copieux) et ne servir qu'un plat de résistance et un dessert ;

— pour un dîner plus formel, vous préparerez une entrée, un plat (viande ou poisson – nos ancêtres servaient les deux) et son accompagnement, du fromage, de la salade, un dessert ;

— pour certains repas de fête, vous préparerez des plats traditionnels : des crêpes à la Chandeleur, l'agneau de lait à Pâques, la dinde pour Noël, etc.

Les règles à retenir :

- Si la cuisine n'est pas votre fort, faites simple : à moins d'avoir une solution de secours, se lancer dans la « mousse de truite au coulis d'écrevisse selon Bocuse » tient du suicide.
- Compensez la simplicité par la qualité : utilisez des produits très frais, des morceaux goûteux, des fruits et légumes de saison, choisis avec soin.
- Limitez les allées et venues : vous venez de servir l'entrée mais devez surveiller la cuisson des soufflés ? Mauvais point ! Vous allez passer tout le temps du repas en cuisine et ne pourrez profiter de vos invités. Recevoir, c'est faire plaisir aux autres mais aussi à soi.
- Veillez à l'harmonie des plats entre eux : on ne sert pas deux tartes au cours d'un même repas (une quiche et une tarte au citron), ni deux féculents

(taboulé en entrée et purée en accompagnement de la viande). Si le plat est très « lourd », on compense par un dessert léger.

- Ne forcez pas trop sur les épices, l'ail, les mélanges sucrés-salés si vous n'êtes pas sûre du goût de vos invités.
- Ne vous lancez pas dans des décorations farfelues : il faut être un maître en cuisine thaïe pour savoir sculpter des roses dans une carotte. Une branche de persil fera meilleur effet que votre magma orange.

LE PETIT TRUC QUI FAIT LA DIFFÉRENCE

Testez les plats en famille avant d'oser les présenter à des invités que vous souhaitez impressionner. Au deuxième essai, vous saurez que le piment entier recommandé dans votre recette nuit gravement au confort intestinal.

Les vins

Très difficile de choisir un vin quand on n'y connaît rien (notamment si votre seule compétence est de faire la différence entre le rouge et le rosé parce que l'un est plus foncé). Plutôt que d'acheter une bouteille parce-que-l'étiquette-est-jolie, mieux vaut s'adresser à un professionnel :

— l'Homme, s'il est un amateur et qu'il sait ce qui accompagnera le mieux votre veau au citron (un petit mâcon, c'est génial) ;

— le vendeur avec un tablier bordeaux dans votre grande surface ;

— le caviste ou le conseiller dans une boutique spécialisée ;

— un site Internet (faites une recherche « accord mets / vin »).

Quelques conseils en vrac :

- Une grande règle veut que le vin que l'on boit ne doive pas faire regretter celui que l'on a bu précédemment. De ce fait, on sert : les plus jeunes avant les plus vieux, les plus légers avant les plus aromatiques, les vins secs avant les doux.

- Décanter un vin est parfois nécessaire, notamment s'il y a du dépôt, mais aussi pour permettre à tous les arômes de s'exhaler.
- Celui qui sert le vin doit faire attention à la « petite goutte » qui ruine la nappe. Si l'on n'a pas le coup de main nécessaire, il n'y a pas de honte à utiliser une serviette blanche pour essuyer le goulot (il existe également des « bagues » que l'on place sur le col de la bouteille pour éviter ces inconvénients).
- Si vous faites tomber un bout de bouchon dans la bouteille, mieux vaut transvaser le vin dans une carafe au travers d'une fine passoire plutôt que de retirer les miettes en plongeant les doigts dans le verre de vos invités.

Le service

Bon. Vous avez déjà franchi plusieurs étapes de votre marathon : les invités sont tous là, assis à la place convenable, il ne manque rien à table, votre rôti est parfaitement cuit... Franchement, vous aimeriez tout arrêter là, poser le plat sur la table et dire : « Maintenant, débrouillez-vous ! » en vous écroulant sur votre chaise.

Arrêtez de rêver : vous devez maintenant servir tout ce beau monde !

Option n° 1 : Vous présentez le plat et chacun se sert

Placez-vous à gauche et tenez le plat proche de votre invité, les couverts de service bien stables.

Option n° 2 : Vous gardez le plat près de vous et faites le service vous-même

Pour les préparations difficiles à saisir (plats en sauce, flans fragiles, etc.). À ce moment-là, les invités tendent chacun leur assiette ou la passent à celui qui est le plus proche de vous.

Option n° 3 : Vous servez en cuisine

Pour servir directement de la casserole à l'assiette, sans passer par la présentation dans un plat.

Qui servir en premier ?

On sert d'abord les femmes : de la plus âgée (ou la plus importante) à la plus jeune, en terminant par la maîtresse de maison. Ensuite, c'est au tour des hommes : du plus âgé (ou le plus important) au plus jeune, en terminant par le maître de maison.

TESTEZ VOS CONNAISSANCES

1. Au même âge, une femme mariée se sert avant une célibataire. Vrai ou faux ?
2. La belle-fille (et non une fille belle) passe avant la fille de la maison. Vrai ou faux ?
3. Les enfants sont servis en premier. Vrai ou faux ?
4. Une femme enceinte peut être servie avant tout le monde. Vrai ou faux ?

(Réponses : 1. Vrai ; 2. Vrai ; 3. Faux – à moins de les faire dîner avant les adultes, pour être enfin tranquille ! – ; 4. Vrai – tant pis pour le savoir-vivre, mais la mère et l'embryon d'abord !)
Remarque : une femme âgée, divorcée et remariée 8 fois n'est pas plus prioritaire qu'une autre (sauf si c'est Élisabeth Taylor).

LE PETIT PLUS QUI FAIT LA DIFFÉRENCE

Sachez qu'on peut repasser les plats deux fois, sauf le potage, la salade et le fromage.

Comment servir le café ?

À la fin du dîner, la maîtresse de maison invite ses convives à quitter la table pour passer au salon et prendre le café (ou une infusion).

Quelques exceptions pourtant vous permettent de servir le café à table :

— Vous n'avez pas de salon.

— Vous manquez de temps : lors d'un déjeuner où tout le monde est un peu pressé, en fin de soirée si tout le monde tombe de sommeil...

— Pendant un repas entre amis, juste au moment où Sonia raconte des détails croustillants de son aventure avec Mathieu... ou lors de toute autre conversation au sujet franchement intéressant.

Le café est servi sur un plateau, chaque tasse accompagnée de sa soucoupe et d'une cuillère. On y trouve aussi un pot contenant des morceaux de sucre, voire des pastilles d'édulcorant.

Petit rappel :

- On ne lève pas le petit doigt pour boire en croyant être élégante.
- Si l'on ne veut que la moitié d'un sucre, on ne le croque pas, on le casse dans le creux de sa main. On ne fait pas de « canard ».
- On ne laisse pas sa cuillère plantée dans sa tasse, on la pose dans la soucoupe.
- On prend la soucoupe dans la main gauche (on ne la laisse pas posée sur la table). On repose le tout sur le plateau, une fois que l'on a terminé.
- Si un invité vous a offert une boîte de chocolats, c'est le moment de l'ouvrir et de la présenter (même si chaque praline choisie par un convive est une bouchée que vous ne mangerez pas... gourmande, va !).

LE PETIT TRUC QUI FAIT LA DIFFÉRENCE

De nombreuses personnes possèdent des machines à expresso qui obligent à servir le café tasse après tasse. Un choix s'impose alors : préparer tous les cafés et les servir en même temps, au risque qu'ils ne refroidissent, ou bien les apporter au fur et à mesure en respectant le même ordre de service que pendant le dîner.
Proposez un assortiment de sucres est du plus joli effet : sucres roux, candi, cristal, en bâtonnets...

Les bonnes manières à table

Apprentissage basique que les mères font entamer dès le plus jeune âge à leur enfant, le « bien se tenir à table » est une partie élémentaire du savoir-vivre. Pourtant, en voyant tous les gorets et autres porcinets qui déjeunent à la cantine, vous pensez qu'une petite piqûre de rappel ne ferait de mal à personne...

Faites remonter vos souvenirs d'enfance pour retrouver l'essentiel :

1. « Tiens-toi droite »

Ce principe est valable à tout moment, mais à table il est particulièrement utile. On ne s'avachit pas, on cale son dos sur la chaise (on ne s'assoit pas au bord), on laisse ses pieds par terre (et non repliés sous les fesses), on ne tient pas sa tête d'une main, on ne se balance pas... c'est compris ? Non mais !

2. « Enlève tes coudes de la table »

On ne s'appuie pas sur ses coudes en mangeant, cela prend trop de place et pourrait gêner ses voisins. Les avant-bras peuvent être légèrement appuyés sur la table. Entre deux plats, pendant la conversation, il est toléré de croiser les mains au-dessus de l'assiette en posant les coudes sur la table.

3. « Pose tes mains sur la table »

Les Anglais posent leurs mains sur leurs genoux, chez nous cela ne se fait pas ! On pourrait toujours vous soupçonner de tripoter on ne sait quoi sous la table... ou de refiler ce que vous n'aimez pas au chien !

4. « On ne chante pas / ne lit pas à table »

Avez-vous déjà vu au restaurant des couples où chacun lit son journal ? Bonjour la communication ! Si vous dînez seule dans un lieu public, lire peut vous donner une contenance... mais vous privera de toute rencontre inattendue !

5. « Tiens tes couverts correctement »

On ne saisit pas ses couverts dans les poings fermés mais on les tient par le milieu du manche avec trois doigts. On ne les brandit pas à la verticale, pointe en l'air. On les pose si l'on fait des gestes en parlant. On ne porte pas directement son couteau à la bouche.

Petit rappel n° 1 : seuls quelques aliments peuvent être saisis avec les doigts (voir plus loin).

Petit rappel n° 2 : le verre se tient par la partie évasée et non par le pied ; seuls les enfants aux gestes maladroits peuvent utiliser leurs deux mains.

6. « Attends que les autres soient servis »

C'est la maîtresse de maison qui donne le « top départ ». Au restaurant ou dans tout autre repas collectif, on attend que tout le monde soit servi avant d'attaquer.

7. « Ne fais pas de bruit / Ferme ta bouche en mangeant »

Oubliez l'homme des cavernes qui est en vous et apprenez la discrétion... les autres n'ont pas besoin de voir le contenu prémâché de votre bouche ! On n'aspire pas la soupe ni son café pour le refroidir (mieux vaut souffler avant).

8. « Essuie-toi la bouche avant de boire »

On utilise sa serviette délicatement, de façon systématique avant et après avoir bu. Est-il utile de rappeler qu'on ne s'essuie pas avec sa manche ? et qu'on ne se mouche pas dans la serviette ??? Celle-ci est posée sur les genoux, dans sa longueur, non pas étalée comme une nappe. Il est hors de question de la nouer autour de son cou !!!

9. « Mange lentement »

Le genre « je-n'ai-pas-mangé-depuis-une-semaine-alors-je-me-rattrape » est à bannir.

10. « Ne lèche pas ton assiette »

On ne sauce pas avec du pain (même piqué au bout de la fourchette), on n'essuie pas avec son doigt (même si perdre une lichette de cette crème anglaise est un crime), on ne penche pas son assiette pour récupérer une dernière cuillérée de soupe et on ne coince pas un couteau en dessous pour recueillir la sauce.

Après avoir refait un point sur les principes de base, passons à des points de détail qui feront la différence.

Comment poser ses couverts ?

Entre deux bouchées, pour boire ou pour discuter un peu, il est nécessaire de poser ses couverts.

En aucun cas, vous ne devez les mettre en équilibre entre l'assiette et la table, mais vous devez les reposer, côte à côte, dans l'assiette (en position 15 h 40, par exemple).

Pour signifier que vous avez terminé votre assiette, il est habituel de placer les couverts réunis (fourchette pointe en bas et couteau tourné vers l'intérieur) en position 16 h 20.

Comment manger le pain ?

Le pain ne se coupe pas au couteau, il se rompt (dans l'assiette prévue à cet effet, s'il y en a une). Prenez-en de petits morceaux et, surtout, ne vous en servez ni pour vous essuyer la bouche, ni pour saucer une assiette. Si vous avez fait beaucoup de miettes, ne les ramassez pas avec la main pour les remettre dans votre assiette. Ne jouez pas avec la mie (je connais certaines personnes qui savent faire de petits bonshommes en boulettes de pain : qu'elles sachent que cela ne se fait pas !).

Comment choisir un morceau ?

La règle veut que l'on ne choisisse pas ! On prend la première tranche qui se présente, sans hésiter, ni soupeser les portions de l'œil. À la rigueur, dans un repas intime, on peut signifier son manque d'appétit pour ne prendre qu'une petite part.

Rappel : on se doit de goûter de tout, même en petites quantités, pour faire honneur à la maîtresse de maison.

Les aliments-pièges

Qui ne s'est jamais retrouvé nez à nez avec un gros crustacé aux pinces acérées, la mine écarlate, vous défiant de son œil torve, les pattes dressées d'un air de dire : « Ose m'attaquer, tu vas voir de quoi je suis capable ! » ? Qui n'est jamais resté perplexe devant un plateau de fromages tout neuf, ne sachant par quelle pointe entamer le brie ?

Certains aliments, aussi délicieux soient-ils, peuvent se comporter comme des traîtres : difficiles à manipuler, à éplucher, à décortiquer... il faut parfois un peu d'habitude pour les consommer correctement – ils se méritent !

Bien sûr, rien ne vous empêche de sucer vos côtelettes ou de gober des huîtres si vous êtes seule chez vous, mais en compagnie un tel comportement pourrait ruiner tous vos efforts annexes pour redorer votre blason de JFQSSTETC (jeune-femme-qui-sait-se-tenir-en-toutes-circonstances).

« Coquillages et crustacés... »

Dans les dîners les plus cérémonieux, les coquillages ou les crustacés ne sont servis que totalement préparés, c'est-à-dire prêts à être consommés.

Si ce n'est pas le cas, le but est de détacher la chair avec une fourchette : la coquille ne doit pas être portée à la bouche.

Si Pierre vous invite à partager des « moules-frites » à la brasserie du coin, vous aurez le droit de les manger directement. En revanche, évitez les bruits de succion, particulièrement peu ragoûtants.

Si Paul vous invite à déguster une langouste dans un restaurant gastronomique, vous pourrez saisir les pinces et pattes avec les doigts, les casser (un casse-noix est en général fourni) et détacher la chair avec une pique ou un couteau spécial : ne sucez pas et ne cherchez pas à racler le dernier filament comme si votre vie en dépendait. Rappelez-vous que l'élégance va toujours de pair avec la retenue...

Si Grégoire vous invite à savourer du caviar (n'en jetez plus !), ne vous attendez pas à en prendre une louche... disposez quelques grains sur une bouchée de pain avec votre couteau. S'il est servi avec des blinis et de la crème, mangez-les avec vos couverts.

Poissons

En général, ils doivent être préparés à l'avance pour éviter aux invités de se débattre avec les arêtes.

Si ce sont des poissons entiers (truite, sole, etc.) et que vous devez vous débrouiller toute seule, levez les filets en partant de l'arête centrale en faisant glisser le couteau sous la chair. Une fois un côté dégusté, passez à l'autre.

LE PETIT PLUS QUI FAIT LA DIFFÉRENCE

Si par mégarde une arrête était restée dans la chair, ne plantez pas vos doigts dans votre bouche pour aller la récupérer : mastiquez discrètement pour l'isoler et ôtez-la de la façon la plus délicate possible. Si par malheur vous en avalez une, ne poussez pas des cris d'orfraie, vous précipitant sur de la mie de pain pour la « faire passer ». Si la chose est vraiment gênante, rendez-vous aux toilettes pour aller la déloger.

Le saumon fumé se déguste avec ses couverts : on ne se fait pas un petit sandwich en le disposant sur une bouchée de pain.

Asperges

On tolère de les manger avec les doigts dans les repas très intimes.

Si elles vous sont servies au restaurant ou dans un dîner un peu formel, consommez-les avec vos couverts : elles doivent être suffisamment bien préparées pour pouvoir les déguster jusqu'au bout. Si l'extrémité est trop dure, laissez les morceaux dans votre assiette, sans chercher à les sucer pour en extraire une ultime bouchée.

Foie gras

Il est servi en tranches et se mange avec les couverts : on n'en pose pas un morceau sur du pain et on le tartine encore moins.

LE PETIT TRUC QUI FAIT LA DIFFÉRENCE

Si vous devez couper du foie gras pour le servir à vos invités, passez votre couteau sous l'eau chaude pour faciliter l'opération.

Escargots

Ils ne sont pas proposés dans des dîners stylés : on prend trop de risques de se tacher !

S'ils vous sont servis au restaurant ou dans un dîner intime, détachez la chair avec une fourchette spéciale.

LE PETIT TRUC QUI FAIT LA DIFFÉRENCE

Si vous avez envie d'en préparer pour vos amis, présentez-les dans des assiettes spéciales (avec des trous pour qu'ils ne se renversent pas et ne perdent leur farce). Prévoyez du détachant « spécial gras » en cas d'urgence.

Fromages

Face à un plateau de fromages, vous ne savez pas comment vous servir. Retenez que l'on coupe selon la forme du fromage, de manière à ne pas laisser toute la croûte à celui qui suit. Les fromages ronds se coupent en rayons, comme une tarte ; ceux qui se présentent en tranche ou en meule (roquefort, comté, etc.) se coupent dans la longueur, en prenant un morceau de croûte.

Certains fromages sont trop mous pour être coupés, on les sert à la cuillère.

On ne consomme pas la croûte

Celles des pâtes dures (gruyère, emmenthal, etc.) doivent être laissées au bord de l'assiette. Rien ne vous interdit de manger celle du camembert, selon votre goût. En revanche, ne la raclez pas pour enlever une pellicule, coupez-la franchement. Les croûtes très fines, aromatisées (poivre, fines herbes) se mangent avec le reste.

Pour le manger, on utilise son couteau (la fourchette n'est utilisée que pour les fromages très durs) : on coupe un morceau, on le pique et on le dépose sur un morceau de pain. Bien entendu, on ne porte pas le couteau à sa bouche.

LE PETIT TRUC QUI FAIT LA DIFFÉRENCE

Si vous servez un fromage rond à vos invités, vous pouvez découper un premier morceau afin de faciliter le service : sinon, personne n'osera en prendre.

Salade

Pourquoi l'usage veut-il que l'on ne coupe pas sa salade ? C'est un héritage du temps où le vinaigre de l'assaisonnement attaquait l'argent des couteaux...

Aujourd'hui, puisque l'on garde cette tradition, il est recommandé d'aider ceux à qui l'on sert de la salade en ne préparant que des feuilles de petite taille ou en les coupant à l'avance.

Si jamais vous devez vous débattre avec une feuille récalcitrante, essayez de la plier pour la réduire de taille (piquez-la solidement pour qu'elle ne se déploie pas comme un parachute juste avant d'atteindre votre bouche). Si la chose est vraiment trop coriace, entaillez-la sans hésiter.

LE PETIT TRUC QUI FAIT LA DIFFÉRENCE

Préférez un grand plat pour tourner votre salade : rien de plus difficile que de bien mélanger les feuilles si celles-ci menacent tout le temps de tomber hors du récipient, et pire s'il faut les ramasser sur la table...

Fruits

Ils peuvent se manger avec les doigts lors d'un repas intime, mais hors de ce cadre mieux vaut utiliser ses couverts.

Sans passer en revue tous les fruits du jardin d'Éden, sachez que :

— les fruits juteux (pêche, poire, etc.) restent dans l'assiette : solidement piqués avec la fourchette, le couteau permet de retirer la peau ;

— les fruits moins juteux (pomme, banane, etc.) sont saisis avec la main gauche pendant que la main droite les pèle ;

— on crache discrètement (dans sa main) les noyaux de cerise ou les pépins de raisin pour les placer ensuite sur le bord de l'assiette. Même entre amis, on n'organise pas de concours de lancer de noyaux de cerise (sachez tout de même que le record du monde est détenu par un Allemand, avec un jet à 28,98 m) ;

— on ne picore pas les grains de raisin : on coupe une petite branche sur la grappe.

LE PETIT TRUC QUI FAIT LA DIFFÉRENCE

Si vous avez vraiment peur de ne pas arriver à peler une orange avec vos couverts, abstenez-vous !

Pour faciliter la tâche de vos invités et leur éviter des acrobaties, préparez une salade de fruits, beaucoup plus facile à déguster.

Recevoir plusieurs jours

Il peut arriver que vous offriez l'hospitalité pour quelques jours à des amis qui habitent loin, une copine d'enfance qui vient passer un entretien d'embauche dans votre région, des cousins qui vivent à l'étranger, etc. Le but est de les accueillir du mieux possible afin qu'ils se sentent comme chez eux... sans pour autant que vous ne vous sentiez plus chez vous !

Pensez au confort de vos invités

- Si vous disposez d'une chambre d'amis, installez des draps propres et proposez-leur des couvertures supplémentaires s'ils sont frileux. Faites-leur un peu de place dans un placard pour ranger leurs affaires.
- Si vous comptez les coucher dans un canapé-lit, montrez-leur le fonctionnement de celui-ci.
- Fournissez-leur des serviettes de toilette et montrez-leur où se trouve le sèche-cheveux.
- Laissez quelques magazines récents sur la table de chevet.
- Ajoutez une bouteille d'eau et un verre.
- Gardez toujours une provision de savons de toilette, d'échantillons de shampooing ou de dentifrices fournis par les hôtels... cela peut toujours dépanner.

- Maintenez à jour une pharmacie de base pour soigner d'éventuelles migraines, fièvres et autres indigestions.
- Proposez-leur de relever leur boîte aux lettres électronique depuis votre ordinateur.
- Demandez-leur ce qu'ils prennent au petit déjeuner et descendez à la boulangerie acheter du pain frais (il faut vraiment que vous les aimiez beaucoup ceux-là !).
- S'ils se lèvent plus tôt que vous, préparez la table à l'avance, montrez-leur comment fonctionne la machine à café, le grille-pain, etc.
- Gardez à disposition un plan de la ville, des horaires de bus et de train, le numéro de téléphone de l'Office de tourisme pour faciliter la tâche de vos amis qui souhaitent faire du tourisme.

Pensez à votre confort

- Fixez les règles du jeu : si vous ne pouvez pas bousculer vos habitudes, mentionnez les horaires du dîner et du lever (vous devez, par exemple, amener Bibounet à la crèche à 7 h).
- Fournissez-leur un trousseau de clés pour ne pas être obligée de les attendre.
- Vous êtes fatiguée, vous vous levez tôt, etc. : allez vous coucher même s'ils souhaitent poursuivre la conversation entre eux, regarder la télé ou lire.
- N'hésitez pas à passer une tenue plus décontractée en rentrant chez vous : bien entendu, ne portez pas votre survêtement tout défraîchi ou votre tee-shirt Mickey, mais rien ne vous empêche de vous mettre à l'aise.

LA SITUATION DE CRISE : DÉLOGER DES INVITÉS INDÉSIRABLES

Cas n° 1 :

Vous avez une bonne grippe / vous venez de poser un masque à la moelle de bœuf sur vos cheveux / le dernier épisode de votre série culte commence dans 10 mn /

votre amant est encore chez vous... Soudain, on sonne à la porte. Tiens, voilà les Duboist qui passent juste pour dire un petit bonjour !!!
Vous avez le droit de ne pas être disponible : si la situation ne s'y prête vraiment pas, mieux vaut prévenir ces gens que vous n'avez pas de temps à leur accorder, plutôt que de les recevoir en les maudissant. Excusez-vous, remerciez-les de leur visite et prenez vos agendas pour fixer une date ultérieure.
Vous pouvez également tricher :
— en prétextant que vous êtes très contagieuse ;
— en faisant croire que vous êtes absente (attention à ne pas éternuer derrière la porte) ;
— en prétendant que vous étiez en train de partir (enfilez votre manteau et prenez vos clefs à la main avant d'ouvrir la porte : attention ! avec cette solution, vous serez peut-être obligée de prendre l'ascenseur avec eux, de monter dans votre voiture et de faire le tour du pâté de maisons pour être crédible).

Cas n° 2 :
Voilà 4 jours que Paul et Madeleine campent dans votre salon... cela fait déjà 48 h de plus que ce qui était prévu au départ. S'ils traînent dans le canapé toute la journée, qu'ils se laissent servir à dîner sans proposer leur aide, qu'ils n'envisagent pas de réapprovisionner le frigo qu'ils ont dévalisé, n'hésitez pas à leur faire comprendre que votre générosité a des limites. Dites-leur que vous avez été ravie de les recevoir mais que vous avez maintenant besoin de vous retrouver un peu seule / en famille. Si ces gens sont incorrects, ils ne méritent pas que vous fassiez plus d'efforts.

Cas n^{os} :3/4/et plus :
Votre copine australienne appelle son petit ami tous les soirs depuis votre téléphone fixe, votre cousin fume des substances illicites chez vous, votre ami dépressif ramène tous ses potes de SOS Suicide dans votre salon... votre hospitalité a des bornes. Fixez des limites, mettez les choses au point sans culpabiliser. Être accueillante, oui. Se laisser marcher sur les pieds, non.

15 ASTUCES SI VOUS VOULEZ QUE L'ON SE BATTE POUR ASSISTER À VOS DÎNERS

1. Gardez le sourire.

Même si leur visite est impromptue, accueillez vos amis avec le sourire et l'air d'être très heureuse de les voir là.

2. Maîtrisez votre chien...

... pour qu'il ne fasse pas de « fête » à tous ceux qui franchissent votre seuil.

3 Si vos enfants sont petits, trouvez un mode de garde pour être tranquille pendant la soirée.

Bien entendu, si vous avez la chance d'avoir de petits anges qui disent bien bonjour à la dame, ne se ruent pas sur les cacahouètes même après avoir dîné, vont se coucher sans rechigner et ne se relèvent pas 10 fois pour un ultime bisou ou un dernier pipi, gardez-les avec vous !

4. Organisez-vous suffisamment pour être sereine.

L'idéal est que vos invités n'aient pas du tout conscience que, pour ce dîner, vous avez dû charrier des kilos de légumes au dernier étage alors que l'ascenseur était en panne, refait 3 fois la béchamel, passé l'aspirateur même sous les canapés, essayé 4 pantalons différents et recousu 2 ourlets, relavé la nappe pour faire partir une tache de civet récalcitrante, cramé le gratin dauphinois (pendant que vous faisiez la couture) et décortiqué 50 crevettes pour cette délicieuse salade de la mer.

5. Maîtrisez quelques recettes.

Les dîners improvisés ont également beaucoup de charme : testez quelques recettes faciles et rapides que vous pourrez réaliser avec assurance au moment venu.

6. Ne faites pas d'impair.

La vaisselle en carton peut s'utiliser pour les pique-niques, les goûters d'enfants, les barbecues, pas pour un dîner aux chandelles.

7. Diffusez une musique d'ambiance.

Style *lounge*, pour donner une atmosphère chaleureuse. Toutefois, maintenez un volume très faible pour ne pas gêner les conversations.

8. Pensez au confort de vos invités.

Ce n'est pas parce qu'on fait une dînette autour de la table basse que l'on doit être mal installé : si vous faites asseoir vos amis par terre, ayez l'amabilité de leur fournir des coussins pour améliorer leur confort.

9. Tenez-vous bien.

On ne met pas sa serviette autour de son cou, même pour manger des spaghettis bolognaise.

10. Si ce que vous avez cuisiné est immangeable, adaptez-vous selon le type d'invités.

Avec des amis intimes, commandez des pizzas. Avec des relations moins proches, confondez-vous en excuses et... commandez des pizzas.

11. Prévoyez suffisamment de nourriture.

Faites une recette pour 6 même si vous n'êtes que 4 : et si jamais quelqu'un voulait se resservir ?

12. Pour donner de l'originalité à vos soirées, trouvez un thème à vos dîners.

Exotique (asiatique, oriental, italien...), coloré (tout en rouge et blanc en l'honneur d'une amie polonaise), centré sur un aliment (autour de la figue, des crêpes, du fromage, etc.).

13. Ne forcez pas sur l'alcool.

Ce n'est pas parce que vous êtes chez vous que vous pouvez rouler sous la table.

14. Acceptez que vos invités vous aident à débarrasser la table.

Mais affirmez que vous nettoierez tout le lendemain pour profiter d'eux au maximum (même si vous préférez tout ranger avant d'aller vous coucher).

15. Ne poussez pas un « ouf » de soulagement trop bruyant une fois la porte refermée sur des invités désagréables.

Ils pourraient vous entendre depuis le couloir.

chapitre 4

Comment être une invitée modèle

Comment allier plaisir et devoirs ?

Aller dîner chez les Dumont, passer le week-end chez les Grangier, participer à l'anniversaire de Catherine, c'est :

— du repos (se mettre les pieds sous la table) ;

— de la détente (ne pas avoir à vérifier le gratin dans le four, c'est reposant) ;

— des surprises (on ne sait jamais si Fabienne et Mathieu vont s'engueuler devant nous ou non).

Mais c'est aussi :

— prendre sur soi (pour soutenir la conversation du mari de Catherine) ;

— se creuser la tête (pour se souvenir des prénoms de leurs 4 enfants) ;

— jouer la comédie (pour avoir l'air heureuse d'être assise à côté de Michelle-la-crécelle).

Si certaines invitations promettent de bons moments où vous pourrez être vous-même, sans faire trop d'efforts, d'autres, plus officielles, plus solennelles, ont un vrai rôle social où vous devrez vous montrer sous votre meilleur jour de JFTBE (jeune-femme-très-bien-élevée). Quelles que soient les circonstances, respectez les règles de base qui feront de vous une invitée modèle.

Répondre à une invitation

Quels que soient le type et la forme de l'invitation, votre premier devoir est d'y répondre rapidement (votre hôte doit avoir le temps de s'organiser). Bien entendu, vous avez le droit de demander un délai de réflexion et même de refuser... Comment s'y prendre ?

Cas pratiques :

1. On vous convie par téléphone quelques jours à l'avance.

Avant tout, remerciez pour cette invitation (même si vous devez faire semblant d'être ravie ou si vous savez d'ores et déjà que vous n'irez pas à ce dîner).

Vous aurez sûrement besoin d'un délai de réflexion (il faut s'assurer que votre amoureux n'a pas déjà accepté quelque chose de son côté pour cette même date ; que votre belle-mère pourra s'occuper de Bambino et Bambina ; etc.). Prenez le temps d'y penser, mais ne faites pas traîner. Rappelez le jour même ou le lendemain pour confirmer ou vous désister.

2. Vous recevez un carton d'invitation.

Sachez qu'une invitation écrite demande une réponse écrite. Vous enverrez donc une formule du genre : *« Nous vous remercions pour votre aimable invitation et serons ravis de nous joindre à vous le 18 janvier. »* Vous pourrez également téléphoner pour confirmer votre venue et remercier par la même occasion de cette invitation.

LE PETIT PLUS QUI FAIT LA DIFFÉRENCE

Si le carton que vous recevez porte la mention *« pour mémoire »*, il ne s'agit que d'un rappel pour une invitation que vous avez déjà confirmée. Il n'est pas nécessaire d'y répondre à nouveau.

3. Jean et Michelle vous ont invitée à une petite fête mais vous n'avez pas du tout envie d'y aller.

Peu importent vos raisons (l'ex de votre amoureux sera sûrement présente / vos anciens amants seront là – (il faudrait voir à ne plus piocher que dans vos amis – / vous ne supportez pas la fumée du barbecue), vous devez trouver une excuse valable. Soit :

— vous avez déjà pris d'autres engagements pour cette date ;

— vous serez absente en cette période ;

— ou, à la dernière minute, un incident grave (mais plausible) : vous ou votre enfant êtes malades, votre maison a pris feu, etc.

LE PETIT PLUS QUI FAIT LA DIFFÉRENCE

En cas de faux bond de dernière minute, il est élégant, le lendemain, de faire envoyer des fleurs à la maîtresse de maison à qui vous avez causé un sacré souci (par votre faute, tout son plan de table était bancal) afin de vous excuser encore.

La ponctualité

Voilà une des règles essentielle du savoir-vivre : la ponctualité est une marque de respect et elle ne peut souffrir de trop grands écarts.

Pourquoi faut-il arriver à l'heure ?

— parce qu'un dîner, ça cuit ; or, personne n'aime le rôti cramé ou la quiche desséchée ;

— parce qu'à une certaine heure, on meurt de faim ; passé ce temps, on a sommeil ;

— parce que les autres n'aiment pas, mais pas du tout, attendre.

Quel est le retard toléré ?

Les embouteillages, les difficultés pour garer sa voiture, les dernières retouches de maquillage... ou toutes autres excuses sont acceptables quand elles n'excèdent pas le quart d'heure. Certaines personnes tolèrent encore 15 mn supplémentaires.

Au-delà, on entre dans le domaine de l'incorrection : si votre retard dépasse la demi-heure, on est en droit de croire que vous avez tout simplement oublié le rendez-vous. Prévenir et se confondre en excuses est indispensable.

S'il s'agit d'un repas amical, téléphonez et priez la maîtresse de maison de commencer sans vous. Les autres invités sont en droit de vous maudire.

LE PETIT PLUS QUI FAIT LA DIFFÉRENCE

Souvent, en se rendant à une fête, on ne souhaite pas arriver en premier (de peur de passer pour des ploucs). Pourtant, si tout le monde joue à ce petit jeu, la soirée ne risque pas de commencer... Bien entendu, en cas de nombreux invités, votre retard passera quasi inaperçu ; cependant, restez dans les limites de la politesse (une demi-heure, rappelez-vous).

Vous êtes toujours en retard... cela signifie :

— que vous êtes incapable de vous organiser (en prenant un rendez-vous chez le dentiste à 18 h 30, vous ne serez certainement pas à l'heure chez les Martin à 19 h) ;

— que vous êtes incapable de vous gérer (quand on essaye 12 tenues différentes avant de revenir à la première, c'est que l'on souffre d'un trouble du comportement) ;

— vous n'êtes pas assez prévoyante (imaginer que l'on peut se rendre à l'autre bout de la ville en 10 mn, c'est être franchement naïve).

Tout cela nuit gravement à votre image de FI (femme idéale).

IDÉES REÇUES

Non, cela ne fait pas « chic » d'arriver en retard : cela permet juste de se faire remarquer. Il existe des méthodes plus efficaces pour se distinguer comme briller par son intelligence, éblouir par son élégance, irradier par son charisme...
Oui, arriver en avance est encore pire : on risque de trouver Madame en bigoudis. Cela jette un froid.
Non, le retard n'est pas le privilège des jolies femmes. Elles énervent déjà suffisamment, celles-là.

Solutions pour les retardataires chroniques

- Soyez honnête avec vous-même : si vous avez du mal à évaluer le temps nécessaire pour vous préparer, prévoyez large. Ne dites pas : « Je suis prête dans 10 mn » si vous savez qu'il vous faut au moins 3/4 d'heure pour vous faire un brushing.
- Prenez des repères : chronométrez-vous dans vos tâches quotidiennes pour mieux établir votre emploi du temps (vous savez qu'il vous faut 1/2 h pour aller au bureau à pied, 10 mn pour repasser une chemise, etc.).
- Avant de vous rendre à un rendez-vous, préparez votre itinéraire.
- Vous pouvez toujours essayer de régler votre montre avec 10 mn d'avance...

LA SITUATION DE CRISE : VOUS VOUS TROMPEZ DE JOUR

Cas n° 1 : vous vous présentez un jour trop tôt...

Vous et Monsieur êtes sur votre 31, un joli bouquet de tulipes d'une main, une bonne bouteille de l'autre, devant la porte des Dubois. Vous sonnez. Vous entendez des bruits étouffés derrière la porte... et Mme Dubois vous ouvre, en peignoir de bain : l'invitation est pour demain !

— Confondez-vous en excuses.
— Laissez-lui le bouquet de fleurs et la bouteille.
— Repartez chez vous (essayez de ne pas trop vous engueuler avec votre amoureux).
— Le lendemain, amenez des chocolats.

Cas n° 2 : vous ne vous présentez pas..

Vers 21 h, vous recevez un coup de fil : c'est Mme Dubois qui vous demande si tout va bien puisque vous n'êtes pas chez elle alors que vous y étiez conviée. Comment ? mais c'était prévu pour demain !!!

— Admettez votre erreur sans chercher à trouver une excuse béton (début subit d'Alzheimer, erreur d'impression dans le calendrier, ou projection dans une quatrième dimension où le sens du temps est inversé).
— Confondez-vous en excuses.
— Le lendemain, faites livrer des fleurs.
— Ne vous attendez pas à une nouvelle invitation de sitôt.

Ne pas venir les mains vides

Offrir un cadeau ou des fleurs à la maîtresse de maison qui vous reçoit est une tradition qui reste bien vivante : c'est une forme de remerciement, une marque d'affection qui fait toujours plaisir.

Que doit-on apporter et à qui ?

Il est bien vu de ne pas arriver les mains vides quand on se rend chez quelqu'un pour la première fois : si vous connaissez mal cette personne, un cadeau « passe-partout » fait l'affaire (fleurs, chocolats ou autres gourmandises).

Offrir des fleurs

Évidemment, cela manque d'originalité, mais cela fait toujours plaisir (à moins d'être allergique au pollen et aux graminées...).

On offre des fleurs lorsque l'on se rend chez des gens pour la première fois, ou pour montrer que l'on est attachée à poursuivre les relations.

Traditionnellement, on fait livrer les fleurs avant sa visite (pour honorer la maison) ou le lendemain (pour remercier), afin d'éviter que la maîtresse de maison n'ait à chercher un vase alors qu'elle a un soufflé à surveiller.

Pourtant, de nos jours, il est couramment admis que l'on apporte son bouquet soi-même.

Le choix des fleurs est soumis à quelques règles :

— on les préfère coupées plutôt qu'en pot (à moins d'avoir affaire à une passionnée de jardinage qui se fera un plaisir de replanter tout ça) : dans ce cas-là, justifiez votre choix ;

— on peut choisir un bouquet rond, tout fait, notamment si le fleuriste est un artiste ;

— si on les choisit soi-même, on veille à l'harmonie des couleurs, on ne fait pas rajouter une tonne de branchages « pour faire du volume pour pas cher » ;

— on n'offre ni œillets ni chrysanthèmes ;

— les roses s'offrent en nombre impair ;

— on évite les tiges de 1,50 m ;

— une très belle rose est parfois préférable à un bouquet de marguerites à la couleur génétiquement modifiée ;

— les fleurs en plastique ou en tissu sont interdites ;

— on ne cueille pas soi-même des fleurs dans un jardin public pour les entourer avec un bout de bolduc récupéré sur un paquet-cadeau.

Les bouteilles de vin ou autres alcools sont à réserver à des proches : ce type de présent peut toujours avoir un sens caché (« Je sais que tu aimes bien boire un petit verre », « J'ai peur que tu nous serves de la piquette », « Il n'y a jamais assez à boire », etc.) qui risquerait de vexer un hôte susceptible.

Bien entendu, tout dépend du degré d'intimité qui vous lie : si vous allez déjeuner un dimanche sur deux chez Juliette et Édouard et que vous les recevez en retour les autres week-ends, vous n'apporterez pas une boîte de chocolats à chaque fois (entendez-vous pour venir les mains vides et réciproquement).

On réserve les cadeaux en nature (des tomates, des cerises ou des poires du jardin, par exemple) aux repas familiaux ou entre des amis très proches.

Rien ne vous empêche d'offrir un présent un peu plus personnalisé à des personnes que vous connaissez bien : un bibelot (il faut connaître leurs goûts pour la déco), un petit vêtement pour le bébé, un livre, une spécialité régionale (des calissons si vous revenez d'Aix-en-Provence), etc.

Il est fréquent de demander à des amis qui vous invitent : « Veux-tu que j'apporte quelque chose : le dessert, par exemple ? » En général, on vous répondra que cela n'est pas la peine, que votre seule présence est déjà un cadeau, etc. Même si vous connaissez la réponse à l'avance, posez tout de même la question mais n'insistez pas trop : cela pourrait signifier que votre hôte est une très mauvaise pâtissière ou bien qu'il est notoire qu'elle est incapable d'organiser un repas correct.

Quand donner son cadeau ?

L'usage veut que l'on donne son paquet discrètement (lorsque la maîtresse de maison ouvre la porte), pour ne pas gêner les autres invités qui n'auraient pas fait de cadeau eux-mêmes. Dans le cas où quelqu'un d'autre vous accueille (un domestique, le fils de la maison), déposez votre présent dans le vestibule mais ne l'amenez pas dans le salon où d'autres personnes sont déjà là.

Si vous êtes invitée à un anniversaire, voyez comment se passent les choses : en général, tous les cadeaux sont rassemblés et ouverts en même temps.

LE PETIT PLUS QUI FAIT LA DIFFÉRENCE

N'essayez pas de vous « faire bien voir » en offrant quelque chose de très cher : vous risqueriez de gêner terriblement son destinataire qui se sentirait dans l'obligation de vous rendre la pareille.
N'oubliez pas d'enlever les étiquettes de prix.

Comportement attendu

Il va sans dire que, chez les De Lajonquière, vous allez faire preuve de toutes vos qualités de PPF (parfaite-petite-femme), d'autant que votre amoureux a vraiment intérêt à décrocher ce contrat de relations publiques auprès de leur boîte. Vous devez vous montrer sous votre meilleur jour :

- être souriante (même quand le petit Léopold colle ses mains poisseuses sur votre jupe en soie sauvage) ;
- avoir une conversation charmante : ne pas vous épancher sur vos problèmes personnels (votre boss est un tyran misogyne, votre père entre en cure de désintox), ni sur vos soucis gastriques ou vos troubles de l'ovulation ; ne pas aborder des sujets délicats (politique, religion, adoption par les couples homosexuels, etc.) ; rester dans le léger sans être superficielle ;

- se tenir correctement (ne pas se vautrer dans le canapé, manger proprement, ne pas ouvrir les portes des chambres, etc.) ;
- rester sobre ;
- ne pas être extravagante (draguer le maître de maison, faire la démonstration de ses talents de soprano lyrique, rire ou glousser de manière éhontée, monopoliser la conversation, etc.) ;
- faire des compliments sur la décoration de la maison, la qualité du dîner, la gentillesse du petit dernier...

En plus de cela, s'il s'agit d'un dîner entre amis proches :

— proposez de l'aide en cuisine (allez au moins tenir compagnie à celui ou celle qui est aux fourneaux) ;

— même si l'hôtesse qui reçoit vous l'interdit, rassemblez les assiettes et ramenez-les en cuisine (n'allez pas jusqu'à passer la serpillière : c'est vexant).

Prendre congé et remercier

La règle veut que, dans un couple d'invités, ce soit la femme qui donne le signal du départ. À vous donc de juger quel est le moment opportun pour vous retirer :

- Pour un dîner en semaine, il est courant de s'éclipser sur les coups de 23 h 30, voire minuit.
- Le week-end, l'horaire peut être un peu repoussé.
- Soyez attentive aux signaux qu'émet la maîtresse de maison : si elle propose une nouvelle tournée de café, vous pouvez penser qu'elle a envie de vous retenir encore un peu ; en revanche, quand la conversation s'étiole, que les bougies sont complètement consumées, que vous avez du mal à retenir vos bâillements, à vous de donner l'impulsion du départ.

Être invitée quelques jours

Plusieurs occasions peuvent vous pousser à passer quelques jours chez des amis, de la famille ou des personnes moins proches. Vous pouvez trouver cela très agréable (vous changez d'atmosphère, vous êtes choyée) ou carrément compter les jours avant de rentrer chez vous (la déco fait froid dans le dos, la literie est épouvantable, vos hôtes se couchent comme les poules).Quelles que soient les circonstances, les règles sont identiques : *discrétion, gentillesse* et *reconnaissance* en sont les maîtres mots.

Comment se comporter quand on n'est pas chez soi

- Si vous connaissez bien les personnes qui vous accueillent, apportez-leur un cadeau personnalisé. Si vous ne savez rien de leurs goûts, offrez quelque chose de classique (chocolats, bouteille, etc.) et complétez par quelque chose de plus adapté pendant votre séjour.
- Limitez vos bagages : ne prenez que l'essentiel pour ne pas encombrer vos hôtes. Tout le monde n'a pas la possibilité de vous fournir un placard ou un tiroir de commode pour ranger vos affaires.
- À moins que cela soit spécifié (dans une maison de campagne, par exemple), vous n'avez pas besoin d'emporter de serviettes de toilette ou de draps.
- Si vous êtes allergique, prenez vos précautions (quitte à amener votre propre oreiller si tous ceux de la maison de campagne sont de plume).
- Ne laissez pas votre valise dans l'entrée : dès votre arrivée, demandez où vous pouvez déposer vos bagages afin de gêner le moins possible.
- Si vos hôtes ne disposent pas de chambre d'amis et vous proposent d'occuper la leur, tentez de les dissuader et remerciez-les pour leur attention.

- Si vous êtes somnambule, prévenez.
- Si vous ronflez à faire trembler les murs, prévenez aussi.
- Même si on vous y invite, ne faites pas « comme chez vous » (si vous voyez ce que je veux dire...).
- Le matin, faites votre lit.
- Ne monopolisez pas la salle de bains : ce n'est pas le moment de vous faire un masque liftant ou une épilation du maillot à la pince à épiler.
- De même, ne squattez pas les toilettes pendant des lustres. Il existe des médicaments très efficaces contre la constipation passagère.
- Ne videz pas le ballon d'eau chaude. Ne videz pas non plus les flacons de gel douche et de shampooing sous prétexte que vous n'avez pas pris les vôtres.
- Nettoyez la salle de bains après votre passage : rincez la baignoire, ne laissez pas de flaque par terre, traquez le poil dans le bidet.
- Ne demandez pas à ce qu'on vous dépose ici ou là, prenez un taxi ou faites-vous expliquer comment vous rendre à vos rendez-vous avec les transports en commun.
- Adaptez-vous au rythme de la maison : même si vous n'avez pas faim à 19 h 30, dînez avec vos hôtes.
- Si la maîtresse de maison cherche à vous faire plaisir et vous demande ce que vous préférez pour dîner, ne réclamez pas de choses trop chères ou trop compliquées.
- Si vous constatez que tout le monde bâille alors que vous aimeriez bien regarder le deuxième épisode de *24 Heures Chrono*, proposez à vos amis d'aller se coucher ou bien, s'ils dorment dans le salon (ils vous ont laissé leur chambre – voir plus haut), vous attendrez la rediffusion.
- Si ce cher Jean-Luc s'est donné du mal pour organiser une excursion en votre honneur, prenez l'air réjoui, même si cela ne vous intéresse pas du tout.

- Vous aimeriez bien profiter de ces quelques jours pour faire la grasse matinée ; pourtant ne traînez pas dans votre lit alors que tout le monde est réveillé (surtout si vous dormez dans le canapé-lit au milieu du salon).
- Proposez de l'aide pour mettre le couvert, préparer le repas, débarrasser, faire la vaisselle, s'occuper des enfants, etc.
- Ne restez pas à traîner toute la journée dans la maison : laissez un peu d'intimité à ceux qui vous hébergent. Allez vous promener.
- Si vous restez plus de deux nuits, invitez vos hôtes au restaurant, au cinéma, etc.
- Proposez de participer aux frais : courses, ménage, etc. S'ils refusent obstinément, offrez-leur un cadeau pendant le séjour.
- Si vous sentez que règne une certaine tension (dispute en vue), prétextez une folle envie de terminer votre roman et éclipsez-vous dans votre chambre.
- À la fin du séjour, retirez les draps du lit.
- Remerciez sincèrement pour l'accueil qui vous aura été réservé.
- Rendez l'invitation.

LES SITUATIONS DE CRISE : SITUATIONS GÊNANTES QUAND ON N'EST PAS CHEZ SOI

Tacher les draps

Et pof ! Il fallait que vos règles tombent ce week-end ! Il n'y a rien de dramatique, juste quelque chose d'assez embarrassant. Retirez les draps, expliquez la situation à la personne qui vous accueille et demandez comment procéder pour faire vous-même la lessive.

Être malade

Sans doute que les huîtres n'étaient pas de la première fraîcheur… toujours est-il que vous passez la nuit la tête dans la cuvette. Situation fort désagréable en temps normal, la chose est encore pire lorsque cela vous arrive alors que vous êtes invitée.

Prenez la précaution de toujours emporter les médicaments qui vous conviennent pour ne pas avoir à réveiller tout le monde en fouillant dans l'armoire à pharmacie.

Faire l'amour

Si vous passez une nuit ou deux chez vos hôtes, essayez de vous passer de câlins, surtout si la literie est bruyante / vous dormez dans le salon / la chambre des enfants est juste à côté. Si vous ne pouvez réfréner l'appel de vos corps, tâchez d'être discrets (silencieux) ou d'attendre d'être seuls dans la maison.

Casser quelque chose

Ne cachez pas les débris du petit vase que vous venez de faire tomber sous le lit... on finira bien par s'en apercevoir. Avouez votre forfait et proposez de racheter quelque chose d'équivalent ou de rembourser. Si vous tachez quelque chose, remboursez les frais de pressing.

15 ASTUCES POUR ÊTRE UNE INVITÉE DE RÊVE

1. Votre fleuriste est un artiste.

Profitez-en !

2. N'attendez pas le dernier moment...

... pour évaluer les différentes propositions qui vous sont faites pour une même date : si vous aviez accepté l'invitation des Lemaire avant d'avoir reçu celle des Bernard, tant pis pour les Bernard (même si le bourgogne est meilleur chez eux).

3. Le passage à l'heure d'été n'est pas une excuse valable pour justifier votre retard.

Surtout s'il a eu lieu le mois dernier.

4. Ne critiquez pas auprès des Valendray le civet raté et l'ambiance nullissime de votre dîner chez les Marceau.

Et si les Valendray étaient invités chez les Marceau samedi prochain ?

5. Dans les dîners, soyez vive, spirituelle, piquante...

On se battra pour vous avoir à sa table.

6. Attention !

N'offrez pas une bouteille de vin entamée en disant : « Je l'ai goûté... j'avais peur qu'il soit bouchonné. »

7. Ne soyez jamais à l'origine d'une discussion polémique.

La maîtresse de maison vous en voudrait d'avoir déclenché une bagarre dans son salon Directoire.

8. Soyez sympa.

Si vous entendez celle qui vous reçoit pester en cuisine contre sa mayonnaise, allez lui révéler le secret de votre grand-mère pour la faire monter.

9. Prévenez si vous êtes au régime.

On pourrait croire que vous chipotez.

10. N'imposez pas votre chien.

Quand vous passez quelques jours chez des amis, ne l'imposez pas en disant d'un air étonné : « Je n'ai rien pu faire, il m'a suivie ! »

11. Tenez-vous au courant de l'actualité culturelle.

Dans les dîners en ville, il faut toujours avoir quelque chose à dire sur le livre à la mode, le film qui cartonne, l'expo qui fait fureur... même si on ne les a ni lu ni vu.

12. Évitez le doggy bag.

On ne demande pas à emporter les restes de canard à l'orange sous prétexte que l'on n'a plus de Ronron à donner au chat.

13. Restez sobre.

N'obligez pas votre hôtesse à faire barrage de son corps pour vous empêcher de reprendre le volant, imbibée comme vous êtes.

14. Ne regardez jamais votre montre.

Même si vous vous ennuyez à mourir.

15. Rendez les invitations.

chapitre 5

Comment savoir vivre au bureau

Comment se faciliter la tâche ?

Ce que vous aimeriez faire dans la vie ? Dormir. Prendre soin de vous, feuilleter des magazines, regarder un feuilleton et macérer dans des bains aux huiles essentielles. Pourtant, vous passez les deux tiers de votre vie au boulot car – il faut bien l'admettre – vous *devez* travailler (n'épiloguons pas sur l'aspect totalement « contre nature » de votre emploi qui vous oblige à faire fonctionner vos neurones et actionner vos doigts sur un clavier alors que vous ne pensez qu'à étendre votre corps dans un hamac).

Comment les bonnes manières peuvent-elles vous aider à mieux supporter cette dure réalité ?

1. En faisant de vous une employée modèle qui ne récoltera que des succès et des compliments (et ça, ça donne envie de se lever le matin).

2. En faisant de vous une collègue aimée et respectée (dire du mal du patron et colporter les ragots sur sa secrétaire, c'est usant nerveusement).

3. En vous aidant à attendre les vacances ou la retraite (et là, vous pourrez dormir tout votre soûl).

Alors, au turbin !

Obtenir un job

Vous cherchez du travail. Forcément, il ne va pas vous tomber tout cuit dans le bec, joli moineau. Il va falloir se bouger, se vendre, faire bonne impression, être battante... et là, mieux vaut connaître la méthode afin de ne pas faire d'efforts inutiles.

Dans les starting-blocks

Bien sûr, pour trouver, il faut commencer par chercher. Vous ne lirez pas ici de méthodes pour dégoter un emploi mais l'affirmation que, pour décrocher le jackpot, il faut se lever tôt. Entamez toutes les démarches nécessaires, prospectez, parcourez les annonces. N'hésitez pas à envoyer des candidatures spontanées aux sociétés qui seraient susceptibles de trouver votre profil intéressant.

Faites marcher votre réseau d'amis, de relations : informez tout le monde que vous cherchez un job et que vous êtes ouverte à toute opportunité.

C'est en étant volontaire et dynamique que vous obtiendrez quelque chose.

Le CV

Évidemment, vos études, vos compétences, votre parcours, tout cela vous est propre et nous n'y pouvons pas grand-chose. Admettons que vous avez pu surmonter votre paresse naturelle et obtenir le niveau requis pour trouver un job qui vous convienne (ou qui vous déplaise le moins possible)... vous n'êtes pas au bout de vos peines. Que cela soit pour un premier boulot ou pour évoluer dans votre carrière, votre *curriculum vitae* sera toujours le document qui servira de référence, votre publicité personnelle, celle qui doit donner envie de vous rencontrer, qui doit convaincre de vous confier des responsabilités.

Voici quelques astuces pour que votre CV fasse mouche à tous les coups :

- Si vous ne connaissez pas les règles de base pour le rédiger (informations obligatoires, présentation chronologique ou non, longueur maximum, etc.), n'hésitez pas à vous faire aider par des professionnels (ANPE, associations, guides pratiques, etc.).
- Ne mentez pas : ne vous inventez pas des études brillantes et des missions valorisantes. Tout peut être vérifié.
- Prêtez une attention particulière à ce document : un CV et une lettre de motivation bâclés sont de mauvais augure pour un employeur éventuel. Ils

sont signes d'un manque de respect de votre part pour le poste convoité et pour l'entreprise en général.

- Privilégiez une forme classique (vous pourrez vous permettre un peu plus d'originalité si vous travaillez dans un domaine « artistique » ou créatif) : ne cherchez pas à vous démarquer autrement que par vos compétences. Oubliez donc le papier rose ou la typographie enluminée. Les ☺ sont à bannir absolument !
- Veillez à ce que l'orthographe et la grammaire soient irréprochables.
- N'indiquez pas une liste d'activités extraprofessionnelles longue comme le bras : votre futur employeur se fiche éperdument que vous aimiez faire du point de croix ou des gâteaux roulés à la confiture. Ne vous sentez pas obligée de mentionner la pratique d'un sport extrême pour passer pour une battante (faire du saut à l'élastique ou du parachute ascensionnel n'est pas très utile pour vendre des brioches).
- Personnalisez votre envoi : renseignez-vous sur le nom du responsable des ressources humaines et envoyez-lui directement votre lettre et votre CV.

L'entretien d'embauche

Vous avez réussi à décrocher un rendez-vous : bravo, ne relâchez pas votre effort ! Maintenant, vous allez devoir mettre en jeu tout votre pouvoir de « séduction », mobiliser toute votre force de persuasion pour convaincre que vous êtes LA personne qu'il faut pour ce boulot. Préparez-vous à cet exercice périlleux de l'entretien pour ne pas faire de faux pas dans cette dernière ligne droite.

Mettez toutes les chances de votre côté :

- Avant le rendez-vous, renseignez-vous au maximum sur l'entreprise, le marché, les résultats, etc. Vous pourrez ainsi poser des questions précises qui montreront votre intérêt et votre motivation.

- Portez une tenue confortable et classique : vous devez avoir l'air professionnel. Ne comptez pas sur un décolleté profond pour amadouer le DRH, surtout si c'est une femme.
- Arrivez avec 10 mn d'avance : ne vous faites pas annoncer tout de suite mais passez aux toilettes pour vérifier votre allure. Vous devez avoir l'air sereine, pas ressembler à une furie écarlate (après un sprint pour être à l'heure).
- Ayez une poignée de main franche, ne regardez pas vos pieds et, surtout, souriez. Une fois installée, tenez-vous correctement (ne vous accoudez pas sur le bureau, ne tournez pas les cadres pour regarder les photos, ne faites pas de remarques sur la déco).
- Répondez aux questions de façon précise, n'ouvrez pas de parenthèses interminables. Ne partez pas dans des explications oiseuses sur les vilains patrons qui ont été très méchants avec vous jusqu'à présent.
- Ayez l'air intéressée par le poste : posez des questions sur l'équipe, les possibilités d'évolution, la stratégie de l'entreprise ; pas sur la qualité des repas de la cantine, les avantages du CE ou la durée des congés.
- Vos prétentions salariales ? Donnez une fourchette et montrez-vous prête à négocier. Oubliez les phrases du genre : « Pour moins de XX €, je reste couchée. »
- Ne vous éternisez pas quand vous sentez que le moment est venu de se quitter : remerciez pour l'attention et le temps qui vous ont été donnés. (Ne proposez pas d'aller boire un verre après le boulot.)
- Vous pouvez envoyer un mail ou une note pour réitérer vos remerciements.
- Si vous avez l'impression que tout s'est bien passé, ne criez pas victoire. Ne rêvez pas. Vous ne pourrez exploser de joie qu'une fois votre contrat en main.
- Si vous êtes convoquée à un second entretien, accordez-y autant d'importance qu'au premier. C'est sûrement maintenant que tout va se jouer.
- Si vous n'avez pas de réponse au bout d'une semaine, vous êtes autorisée à rappeler la personne rencontrée : cela montre votre intérêt pour le job.

LE PETIT PLUS QUI FAIT LA DIFFÉRENCE

Lors d'un entretien d'embauche, vous disposez de peu de temps pour faire vos preuves. Or, vous êtes déstabilisée, angoissée par l'enjeu et vous risquez de perdre vos moyens. Utilisez la méthode toute simple de la respiration profonde. Discrètement (ce n'est pas le moment de pratiquer le halètement du petit chien utilisé pour votre accouchement). Gonflez le ventre en inspirant et soufflez très lentement : vous calmerez vos battements cardiaques et ferez un peu retomber la pression.

Manières de se comporter au bureau

Voilà, vous l'avez décroché, le job convoité. Maintenant, vous avez les cartes en main pour faire vos preuves, montrer à Duboss qu'il a eu raison de vous faire confiance, mettre vos nouveaux collègues dans votre poche et, surtout, apprendre comment fonctionne la photocopieuse.

Le grand jour

Vous vous rappelez de la rentrée des classes ? Ce jour où l'on est encore enthousiaste, où l'on va à l'école pleine de bonnes résolutions, le cartable (neuf) bourré de jolis cahiers et excitée à l'idée de rencontrer de nouvelles copines...

Eh bien là, c'est pareil. Sauf que vous êtes sûrement partie pour plus d'un an et que votre supérieur hiérarchique peut être encore plus antipathique que Mlle Smith, la prof d'anglais acariâtre.

Il vous faudra certainement quelques jours pour prendre possession de vos nouvelles fonctions, retenir les prénoms de vos proches collaborateurs et découvrir la configuration des lieux (où sont situés les toilettes ? la cantine ? les trombones ? et la réserve de papier pour la fameuse photocopieuse ???).

Donc, en ce premier jour, ne vous attendez pas à faire des miracles : vous ne serez là qu'en repérage. Pourtant, montrez-vous sous votre meilleur jour :

- La veille, préparez votre itinéraire, dînez léger et couchez-vous tôt. Il ne manquerait plus que vous soyez crevée dès le début.
- Habillez-vous de façon passe-partout, vous aurez tout le temps de voir quel est le style de la maison et de vous y conformer.
- Serrez la main de toutes les personnes qui vous sont présentées, souriez et dites à quel point vous êtes ravie de faire leur connaissance.
- Ne tendez pas l'oreille à ceux qui veulent vous informer tout de suite des ragots qui circulent : « Ah bon, Émilie du service « achats » a une liaison avec le responsable informatique ? » Prenez l'info en compte mais ne demandez pas plus de détails.
- Si vos nouveaux collègues vous invitent à partager leur déjeuner, allez-y. Vous apprendrez très vite à les connaître et glanerez beaucoup de renseignements officieux sur la boîte.
- Lisez des dossiers, informez-vous sur le rythme de vie de la société, configurez votre ordinateur... la mise en route commence par là.
- Le premier soir, ne faites pas d'heures sup'. Vous serez assez remuée émotionnellement pour mériter de rentrer tôt. Dormez bien pour attaquer votre deuxième jour du bon pied.

L'employée modèle

Ce que votre patron attend de vous ? Quelle que soit la branche dans laquelle vous êtes, vous devez répondre à quelques exigences élémentaires, comme être :

- ponctuelle (en cas de retard, téléphonez pour prévenir et remerciez ensuite) ;
- consciencieuse (même si vous détestez faire ce qu'on vous a demandé) ;
- rigoureuse (il ne s'agit pas de bâcler !) ;

- polie (vous représentez l'entreprise, non ?) ;
- dévouée (dévouée, O.K. ! soumise, non !).

Vous pourrez également rajouter des options, comme être :

- créative ;
- entreprenante ;
- autonome ;
- en parfaite santé / célibataire / sans enfant.

Mais en aucun cas être :

- mollasse ;
- gnangnan ;
- cancanière ;
- migraineuse / en plein divorce / mère de trois mômes de faible constitution.

LE PETIT PLUS QUI FAIT LA DIFFÉRENCE

Difficile de s'adresser à son patron quand on ne le connaît pas encore très bien... Dans certaines entreprises, on se tutoie et on se tape sur l'épaule ; dans d'autres, on doit le respect le plus total au Seigneur et Maître... Mettez-vous au pas et suivez les habitudes. C'est lui qui donnera le ton de vos relations.

La collègue de rêve

Vous passez 8 h par jour avec eux et pourtant vous ne les avez pas choisis : je parle de vos collègues. Puisque les circonstances vous empêchent de dire ce que vous pensez à ce gros lourd de Bernard (c'est quand même lui qui trouve les clients dont vous allez vous occuper) et de mettre le feu à la tignasse de la perfide Sophie (c'est quand même elle qui gère vos notes de frais), vous allez devoir faire preuve de retenue et passer maîtresse dans l'art de *faire avec*.

Parce que le but est que l'ambiance au boulot soit plus proche d'*Hélène et les Garçons* que de *Dynastie*.

LE PETIT PLUS QUI FAIT LA DIFFÉRENCE

Il est important d'accepter le fait qu'on ne peut aimer tous ses collaborateurs. Pourtant, il va de soi que l'on doit le respect à tout le monde, même à ceux avec qui on a le moins d'affinités. Inversement, il faut admettre qu'on ne peut pas non plus plaire à tout le monde...

Épisode 1 : votre attitude

- Vous avez le droit de vous approprier votre box ou votre bureau, pas d'en faire un second chez-vous. Restez discrète et ne couvrez pas vos murs de photos et dessins de vos enfants. N'accrochez pas votre calendrier des « dieux du stade », laissez-le dans votre tiroir.
- Ne faites pas brûler de l'encens avant d'avoir demandé à la ronde si cela gêne quelqu'un.
- Si vous déjeunez dans la cuisine commune, ne laissez pas traîner votre assiette sale et placez vos restes dans une boîte hermétique.
- Personne n'a envie d'entendre votre conversation téléphonique avec votre gynéco au sujet de votre mycose récalcitrante.
- Respectez les zones « fumeurs » et «non-fumeurs ». Là où c'est permis, aérez et videz les cendriers régulièrement.
- Si vous empruntez un stylo, une calculatrice ou quoi que ce soit à un collègue, demandez-lui d'abord l'autorisation et rendez-le au plus vite.
- Évitez les tenues qui peuvent déconcentrer les hommes et énerver les femmes.
- Participez aux collectes pour les anniversaires, les naissances et autres occasions. Donnez ce que vous pouvez et soyez franche si vous n'êtes pas en fonds.

Épisode 2 : qui déjeune avec qui ?

Bien souvent, il y a une véritable stratégie à mettre en place pour organiser ses déjeuners. Bien des petites histoires se nouent entre deux tomates farcies et un céleri rémoulade. Toute la difficulté consiste à trouver un juste milieu : s'intégrer dans les équipes, sympathiser avec des collègues sans toutefois tomber dans le piège des clans et des amitiés hypocrites.

- Ne déjeunez pas toujours avec les mêmes personnes : même si vous avez des préférences, forcez-vous à rencontrer d'autres gens – cela élargit votre réseau (on a toujours besoin de connaître quelqu'un dans chaque service) et cela montre quelle fille sympathique et ouverte vous êtes.
- Rien n'est systématique : sentez-vous libre de mettre à profit votre pause pour aller faire du shopping, voir des amis, bouquiner au jardin public, etc.
- Ne la jouez pas « je-mange-sur-le-pouce-devant-mon-ordi-parce-que-j'ai-du-boulot ». Ou bien : 1. vous êtes incapable de vous organiser ; 2. vous fayotez ; 3. vous n'avez pas envie de partager votre frichti avec ce pauvre Renaud de la documentation. Et ça, c'est pas sympa.

LE PETIT PLUS QUI FAIT LA DIFFÉRENCE

Bien entendu, si de temps en temps vous êtes vraiment pressée de boucler un dossier, vous pouvez sauter la pause. Allez quand même vous chercher quelque chose à manger : vous changerez d'air et vous referez vos stocks d'énergie, indispensables en cas de grosse activité intellectuelle.

Épisode 3 : les ragots et autres enfantillages

L'entreprise, ce n'est pas la cour de récréation : les plans du type « Toi t'es pas ma copine » sont à éviter. En tant que membre d'une société, vous devez être loyale et honnête avec tous les autres salariés. Même si la chef du service est une hystérique et que le responsable commercial a des pellicules grosses comme des Post-it.

Les sujets favoris des ragots ? les conflits de pouvoir, les flirts, la tenue vestimentaire, les attitudes de séduction... Facile de critiquer ces points qui n'ont rien à voir avec les compétences professionnelles.

- Évitez de dire du mal des autres. Tout peut être entendu, répété, déformé et tomber dans l'oreille de la personne concernée.

- Ne faites pas de messes basses, ne chuchotez pas, ne gloussez pas...
- Ne laissez pas l'envie, l'arrogance ou la mesquinerie altérer votre jugement sur les autres.
- Si vous avez un réel problème relationnel avec quelqu'un, que cela nuit à l'ambiance et à votre travail, osez aborder la question directement avec lui (elle) et trouvez un terrain d'entente. S'il le faut, adressez-vous au responsable des ressources humaines pour lui demander conseil.
- Faites le tri dans ce que vous entendez : écoutez les commentaires positifs mais ne participez pas aux négatifs. Quand des collègues cassent du sucre sur le dos de quelqu'un, ne vous mêlez pas à la conversation. Vous gagnerez en respectabilité, vous deviendrez « intouchable ».

Soyez sympa avec les « petites mains »

Vous avez la chance d'avoir un poste à responsabilités, d'être cadre, de jouir d'un petit pouvoir et d'une certaine influence. Que cela ne vous monte pas à la tête ! Cela ne vous donne en rien le droit de regarder les autres de haut ou de mépriser ceux qui ont des fonctions moins prestigieuses. Rappelez-vous vos débuts en bas de l'échelle ou votre passé de stagiaire. Souvenez-vous à quel point vous maudissiez cette chef odieuse qui vous refilait tous ses fax à passer ou ses timbres à coller...

La standardiste

D'elle dépend l'accueil qui sera fait à vos clients, la prise correcte des messages, l'entrain ou la lenteur qu'elle mettra à expédier un pli... c'est dire s'il vaut mieux qu'elle vous ait à la bonne. Dites-lui bonjour, mémorisez son prénom, demandez-lui de ses nouvelles, faites-lui sentir qu'elle appartient à l'équipe... vous y serez gagnante.

Le stagiaire / l'apprenti

Il est là pour apprendre, pour prendre contact avec le monde du travail, pour découvrir un éventuel futur emploi... et pas pour être un larbin délégué aux photocopies, aux mailings et à la préparation des cafés. Bien entendu, il pourra vous soulager de quelques tâches ingrates, mais en contrepartie, confiez-lui aussi des missions intéressantes et montrez-lui les ficelles du métier. Remerciez-le sincèrement pour sa collaboration et proposez-lui de l'aide s'il doit rédiger un rapport. Écrivez-lui les lettres de recommandations dont il a besoin.

L'assistante

Même si elles se teintent d'amitié au fil du temps, vos relations avec votre assistante doivent rester professionnelles. Elle doit être une alliée, un soutien sur lequel vous pouvez compter. Si son rôle est de vous faciliter la tâche en vous débarrassant des paperasseries, de la gestion des rendez-vous ou des tâches répétitives, elle n'est ni votre nounou ni votre esclave : vous ne pouvez pas tout lui demander ni exiger quoi que ce soit qui sorte du cadre de ses attributions (aller chercher les enfants à l'école, réserver votre hôtel pour les vacances ou cacher votre relation adultérine à votre mari).

Soyez aimable, reconnaissante et attentive à elle : si vous avez une perle, faites tout ce que vous pouvez pour la garder !

Gérer les cas sociaux

Les collègues machos

Vous bossez dans un univers typiquement masculin et vous vous sentez un peu sur la défensive. Ne perdez tout de même pas votre féminité : vous ne serez jamais comme eux ; donc, profitez de vos atouts pour vous démarquer et vous montrer complémentaire.

Bien entendu, vous n'échapperez pas aux remarques sexistes, aux blagues grivoises, aux interminables commentaires des résultats sportifs ou à la drague lourdingue. Sachez fixer des limites. Sans pour autant passer pour une chochotte aigrie, ne vous laissez pas faire, exprimez votre déception, votre mécontentement et votre inquiétude quant à l'ambiance et à la cohérence de l'équipe. S'il le faut, parlez-en à un supérieur ou au responsable des ressources humaines.

Les collègues jalouses

Travailler dans un contexte entièrement féminin peut avoir des avantages : plus sensibles, plus indulgentes face à vos difficultés, les femmes se comprennent à demi-mot et peuvent se soutenir. Pourtant, la médaille peut avoir un revers : jalousie, hypocrisie, ruse, etc. sont bien – avouons-le, Mesdames – des défauts qui peuvent nous caractériser. Même si une sorte de « solidarité féminine » s'installe, vous n'êtes pas obligée de copiner avec toutes les filles. Écouter le récit des déboires sentimentaux ou familiaux de vos collègues n'est pas indispensable, participer aux commérages ou transformer la pause-café en séance de thérapie collective n'est pas obligatoire.

De véritables amitiés peuvent se nouer entre collègues. Cependant, tentez de maintenir des rapports professionnels avec vos collaboratrices : il est plus difficile de reprocher un travail bâclé à une personne dont on vient de consoler les peines de cœur plutôt qu'à une autre avec qui on n'est pas impliquée affectivement.

Elles vous envient parce que vous venez de décrocher un gros contrat / votre bureau est plus grand / on vous accorde les vacances que vous voulez, etc.

Certaines essaieront de vous mettre des bâtons dans les roues, de critiquer votre boulot auprès de vos supérieurs, de vous piquer des idées ou de bloquer votre accès à certaines infos... les garces ! Ne rentrez pas dans leur jeu : c'est la seule solution pour les contrer tout en restant digne et honnête. Continuez de vous montrer calme, aimable, chaleureuse. Face à tant de gentillesse et d'assurance, leur hargne fondra comme neige au soleil.

Les collègues qui se plaignent

Il y a ceux qui ne sont jamais contents parce que leur job ne leur plaît pas, leurs horaires sont difficiles, leur salaire ridicule, le patron tyrannique, le marché trop tendu, etc. Il y a ceux qui apportent au boulot tous leurs problèmes personnels et traînent leur déprime de service en service.

Pour ne pas se laisser gagner par leur morosité, sachez vous protéger : proposez une oreille attentive à leurs jérémiades sans pour autant vous impliquer en tentant d'apporter des solutions. Vous pouvez éprouver de la sympathie (dont le sens premier est de « partager la douleur d'autrui ») sans que cela vous mine.

LE PETIT PLUS QUI FAIT LA DIFFÉRENCE

Ne vous lancez pas dans des conversations sans fin, ne posez pas de questions ouvertes du type : « Comment vas-tu ? », qui appellent des réponses à rallonge. Montrez que vous êtes occupée et dites : « Désolée, je n'ai pas le temps de te parler, je suis déjà en retard sur mon boulot » ; vous ne vexerez personne.

Les fouineurs

Certains s'ennuient tellement dans leur boulot qu'ils passent leur temps à espionner, à poser des questions, à chercher la petite bête pour s'occuper et se donner une contenance : « Tu n'as pas l'impression de te faire exploiter ? », « C'est dommage que Nicole ait eu cette promotion alors que c'est toi qui la méritais, non ? » – ne leur répondez pas ! Le moindre de vos mots serait répété, et vos supérieurs seraient informés dans l'heure de vos révélations... La solution est de rester neutre, de ne pas livrer le fond de sa pensée. Fuyez les fouineurs pour éviter ce type de conversation.

LE PETIT PLUS QUI FAIT LA DIFFÉRENCE

Soyez diplomate. Retenez-vous de demander à l'indiscret d'aller-voir-ailleurs-si-vous-y-êtes. Vexé, il pourrait passer son temps à préparer sa vengeance, chercher la moindre de vos failles pour vous causer du tort et passer du rang de curieux à celui de traître.

CAS PRATIQUE : FAUT-IL SE RENDRE AU BOULOT AVEC 40° DE FIÈVRE ?

1. À moins de devoir signer un contrat de plusieurs millions d'euros, n'allez pas travailler tant que vous êtes contagieuse.
2. Ne serrez pas de mains, n'embrassez personne mais expliquez les raisons de votre « froideur ».
3. Prévoyez une réserve de mouchoirs et de médicaments : n'imposez à personne vos reniflements ou votre goutte au nez.
4. Éternuez, toussez et mouchez-vous discrètement : ne répandez pas vos miasmes autour de vous.
5. Essayez de faire bonne figure : vos collaborateurs n'ont pas à supporter vos plaintes.

La stratégie

L'ambition est une qualité : la volonté d'améliorer sa situation, le désir d'apprendre et d'accepter des responsabilités nouvelles sont des valeurs positives. Ainsi, chercher à évoluer dans son travail, se battre pour obtenir un meilleur poste ou un meilleur salaire sont des comportements que l'on ne peut qu'approuver. Le tout est d'y mettre les formes. Puisque votre promotion se fera sûrement au détriment des autres, prenez garde à n'écraser personne sur la route de votre ascension...

Comment obtenir une promotion / une augmentation

- Dans l'idéal, c'est votre travail qu'une promotion / une augmentation doit récompenser, pas votre art de la manigance, de l'intrigue ou vos tractations secrètes. La moindre des choses est de faire vos preuves et même de vous surpasser avant de penser à réclamer quoi que ce soit.
- N'allez pas voir votre boss, la bouche en cœur, en pensant qu'un petit numéro de charme sera suffisant pour obtenir ce que vous voulez : faites le

bilan de vos compétences et de vos réalisations, préparez des arguments béton, sachez démontrer à quel point vous êtes indispensable pour l'entreprise.

- Estimez quelle est votre valeur sur le marché du travail et quels sont les salaires proposés dans une entreprise concurrente.
- Choisissez le moment : pas la peine de coincer Le-Grand-Chef entre la machine à café et la photocopieuse pour exposer vos réclamations. Inutile aussi d'évoquer le sujet au moment de la fête annuelle : il pourrait accepter, pris par l'ambiance sangria-cotillons, et revenir sur sa décision une fois revenu à son bureau.
- Un des arguments des patrons est d'évoquer la crise économique, le fait que tout un bataillon de chômeurs se battraient pour obtenir votre job à un salaire moindre... Ne vous mettez pas en colère, ne claquez pas la porte ou ne fondez pas en larmes, mais ne vous laissez pas démonter et reprenez vos arguments.
- Si la négociation n'avance pas et que le Big-Boss ne cède pas d'un pouce, demandez-lui de bien vouloir réfléchir encore à tout cela et reprenez un rendez-vous pour évoquer de nouveau la question.
- Sans le menacer ouvertement, laissez planer un doute sur vos intentions de départ au cas où vous n'obtiendriez pas ce que vous demandez.
- Remerciez-le pour le temps qu'il vous a consacré et pour son écoute.

À éviter en tous les cas :

— Ne parlez jamais d'une autre offre d'emploi. On vous répondrait de ne pas vous gêner pour prendre la porte et sauter sur l'occasion proposée.

— Ne menacez jamais votre chef de service d'aller rencontrer son supérieur pour obtenir ce que vous voulez, du genre : « Vous êtes incompétent, je vais aller voir plus haut ! »

— Ne faites pas votre Caliméro et ne critiquez pas vos collègues pour vous faire mousser : « Monique en fait 10 fois moins que moi et elle gagne le double, c'est trop injuste. »

Comment se comporter après une promotion

- Annoncez la chose officiellement, sans attendre que la rumeur se répande. Pas la peine de fanfaronner et de commencer toutes vos conversations par « Tu sais, maintenant que je dirige tout le département... » : ayez le succès modeste.
- Ne changez pas : ce n'est pas parce que vous avez de nouvelles responsabilités que vous devez toiser vos anciens collègues, ne plus dire bonjour au stagiaire ou vous prendre trop au sérieux.
- Il vous faudra peut-être diriger des personnes dont vous étiez l'égale jusqu'à présent : restez ouverte, demandez toujours poliment ce que vous attendez des autres et sachez établir un équilibre entre sympathie et pouvoir.
- Ne vous endormez pas sur vos lauriers : vous avez gagné une bataille. Maintenant, il va falloir montrer à Duboss qu'il ne s'est pas trompé.

Vie sociale au bureau

La fête

De nombreux événements peuvent être prétexte à faire la fête sur votre lieu de travail : Noël, lancement d'un nouveau produit, départ à la retraite d'un salarié, Épiphanie, etc., autant d'occasions de déboucher le mousseux et d'attaquer les chips. Que vous aimiez ou non ce genre de petites sauteries, sachez qu'elles prennent une place à part dans votre vie sociale et que, pour cela, il faut veiller à votre comportement. En effet, vous êtes à la fois au travail et en dehors de vos fonctions habituelles : il faut trouver un juste milieu entre le personnage que vous vous composez quand vous bossez et votre vraie nature.

Attention donc aux conséquences de ce que vous allez faire car, dès le lendemain, vous regretterez peut-être :

- d'avoir bu plus que de raison : l'alcool désinhibe et délie les langues. Attention à ne pas dire ses quatre vérités au patron sous l'effet du punch à la louche. Lui sera très certainement tout à fait lucide ;
- d'avoir joué le remake de *9 Semaines et Demie* sur la piste de danse : se lâcher un peu, c'est bien ; se trémousser devant ses clients japonais, c'est limite ;
- d'avoir sauvagement embrassé le responsable informatique : si vous tendez le bâton pour vous faire battre, on ne peut rien pour vous, jeune fille.

L'amour

En général

Les chiffres parlent d'eux-mêmes : 72 % des Français ont déjà vécu une idylle au bureau ; 26 % ont eu de l'attirance pour un(e) collègue ; et 12 % des couples mariés se sont rencontrés sur leur lieu de travail. C'est un peu comme si, tous les jours, vous vous rendiez dans une immense agence matrimoniale...

N'empêche que l'amour au boulot, s'il apporte une motivation supplémentaire pour aller faire ses 35 h, peut être à double tranchant et nuire à votre image.

Attention donc :

- au regard des collègues : jalousie, potins (« Tiens, tu as vu la gueule qu'ils font. Ils ont dû se disputer »), soupçon de favoritisme, etc. En mêlant vie privée et travail, vous offrez aux autres la possibilité de vous juger sur d'autres critères que vos qualités professionnelles. Et ça, ce n'est pas sain ;
- au regard du patron : perte de confidentialité sur les dossiers, tension dans les équipes, manque de crédibilité... en général, tout cela n'est pas bien vu ;

- à la rivalité entre vous : si vous occupez des fonctions identiques, comment allez-vous gérer la compétition ou les conflits d'intérêt ?
- à la situation en cas de rupture : pas facile de croiser plusieurs fois par jour celui qui vous a brisé le cœur.

Avec le patron

Même pas la peine d'y penser.

Démissionner, faire ses adieux

Ce genre de situation est souvent assez délicat : à moins d'avoir un job de rêve qui nous attend dès le lendemain, lâcher ou perdre son travail est toujours source de stress, de difficultés, voire d'ennuis très graves.

Démissionner

Pour ne pas avoir de soucis, faites les choses dans les règles de l'art (et surtout, selon la loi) :

— Mesurez bien les conséquences de votre choix : il faut vraiment être sûre de soi pour lâcher un emploi de son propre gré.

— Annoncez votre souhait de quitter l'entreprise par le biais d'une lettre recommandée avec avis de réception. Dire : « Si c'est comme ça, je m'en vais !!! » ne servira qu'à vous faire passer pour une irresponsable.

— Effectuez votre préavis : même si la motivation n'y est plus du tout, même si vous comptez les jours avant de rejoindre votre nouvelle équipe, vous devez du temps de travail à votre ancien employeur. Certains préfèrent trouver un arrangement plutôt que de compter un mouton noir dans leur équipe.

— Restez en bons termes avec votre ancien patron et vos collaborateurs : vous aurez peut-être besoin de recommandations de leur part et vous serez certainement amenée à les recroiser sur votre route.

Faire ses adieux

Tout dépend des conditions dans lesquelles vous partez...

1. Si vous êtes bien obligée de quitter les lieux (vous avez été licenciée, on ne renouvelle pas votre période d'essai, etc.) :

- ne dites pas leurs quatre vérités à vos collègues ;
- ne cherchez pas à faire culpabiliser le patron en vous enchaînant à votre siège à roulettes et en entamant une grève de la faim *in situ* ;
- n'en profitez pas pour piquer le fichier des clients ou pour saboter le système informatique.

2. Si vous démissionnez pour retrouver un poste beaucoup plus avantageux :

- ne passez pas les derniers jours à surfer sur Internet ou à vous faire les ongles. Passez le relais à celui qui reprend vos dossiers, prévenez vos clients, videz la mémoire de votre ordinateur ;
- ne faites pas la nique à vos collègues en vous vantant d'avoir décroché le job idéal ;
- remerciez votre patron pour tout ce qu'il a fait pour vous (même s'il vous a mis la pression dès le premier jour).

15 FAÇONS D'ÊTRE UNE PARFAITE *WORKING GIRL*

1. Restez sobre.

En ce qui concerne votre tenue vestimentaire au travail, le plus important est de ne pas détonner dans le décor. (Ça existe en rose, les bleus de travail ?)

2. Restez modeste.

Pendant un entretien d'embauche, si l'on vous demande quels sont vos qualités et vos défauts, pas la peine de dresser un autoportrait ultra-élogieux (« Je suis autonome, entreprenante et impliquée »). Personne n'est dupe.

3. Ayez une attitude positive.

Soyez un boute-en-train, l'optimiste du groupe, encouragez les autres... c'est toujours valorisant et puis personne n'a envie de travailler avec la déprimée de service.

4. Ne confiez pas votre vie privée à vos supérieurs.

Vous perdriez en crédibilité.

5. Soyez disponible mais jamais collante.

Si vous êtes au contact des clients, ne forcez pas le « Bonjour, Madââââme, puis-je vous aider ? ».

6. Prenez des initiatives, des risques.

Osez accepter une mission qui vous semble difficile... c'est le seul moyen de progresser.

7. Restez discrète sur votre rémunération.

Ce sujet est quasiment tabou. Savoir que la perfide Sophie gagne plus que vous pourrait vous rendre mauvaise.

8. Ne rêvez pas.

Ce n'est pas parce que vous ferez des heures sup' quelques jours avant d'aller demander une augmentation que votre patron sera dupe de votre petit manège.

9. Soyez prudente.

Si un collègue obtient le poste que vous convoitiez, ne répandez pas de rumeur à son sujet, ne le foudroyez pas du regard... mais félicitez-le. Vous aurez sûrement besoin de lui à un moment où à un autre.

10. Soyez honnête.

Ne prélevez pas toutes les fournitures scolaires du petit dernier dans les provisions du bureau, ne faites pas passer de notes de frais bidon, ne glissez pas vos courriers perso dans vos envois professionnels, etc.

11. N'humiliez pas en public.

Si vous managez une équipe et devez adresser des reproches à quelqu'un, faites-le en privé : humilié, votre vilain canard chercherait à se venger.

12. Faites ce que vous voulez de vos nuits.

Cependant, ne vous présentez pas au boulot directement en sortant d'une soirée « mousse » au *Macumba Night*. Surtout si vous avez rendez-vous avec les clients coréens.

13. Ne faites pas 12 pauses-café dans la journée.

Non seulement votre patron ne verrait pas cela d'un très bon œil, et puis toute cette caféine, c'est mauvais pour votre cœur.

14. Soyez discrète.

Si vous rencontrez l'amour sur votre lieu de travail, respectez une règle absolue : la discrétion.

15. N'attendez pas de ne plus pouvoir cacher vos rondeurs pour annoncer votre grossesse à votre chef.

Si la loi n'impose rien, il est d'usage de faire part de la situation au bout de 3 mois.

chapitre 6

Comment s’exprimer et communiquer

Savez-vous bien communiquer ?

Nous vivons dans une société de communication. On ne vous apprend rien. Et si, aujourd'hui, il est plus facile d'envoyer un message au président de la République (http ://www.elysee.fr/ecrire/mail.htm) que de parler à son voisin, il est évident que s'exprimer, être joignable, être « connecté » fait partie de notre vie.

Parfois, vous aimeriez pouvoir répondre juste « O.K. ! » à un mail, vous contenter de dire « Hon-hon » à quelqu'un qui vous parle au téléphone ou rester au fond de la salle plutôt que de faire un discours au congrès annuel de votre boîte. Trop facile ! La manière de s'exprimer est un des premiers critères que l'on prend en compte lorsque l'on juge quelqu'un ; alors, jetez votre chewing-gum et articulez.

Bien parlé !

Parler ? Vous avez commencé à 18 mois... c'est dire si vous avez de l'expérience ! Dès votre plus jeune âge, vous avez compris que l'art de s'exprimer est soumis à des règles bien précises, à la fois sur la forme et sur le contenu : on ne dit pas ci ou ça (*des z'aricots, un gros n'avion*), on tient sa langue (on ne dit pas à la grosse dame qu'elle est grosse), on discute poliment même si on n'en a pas envie...

La voix, le ton

Elle est comme une signature, le reflet de votre personnalité, une part de votre identité... Pourtant, que vous soyez dotée d'un timbre rauque et sexy ou d'un filet nasillard, vous ne pourrez pas faire grand-chose pour changer votre voix. En revanche, comme avec un instrument, vous pourrez moduler votre phrasé, jouer avec les intonations, émettre des inflexions qui donneront plus ou moins envie de vous écouter.

S'il est difficile de dire pourquoi une personne est agréable à entendre, il est plus évident de repérer les défauts de quelqu'un qui « parle mal » :

- le débit saccadé, trop rapide ;
- les mots marmonnés, le manque d'articulation ;
- les lettres avalées ou inversées (« quat' » pour *quatre*, « une tranche eud' jambon ») ;
- les intonations stridentes ;
- les accents régionaux très prononcés ;
- les hésitations (un « euh » entre chaque phrase) ;
- les tics de langage (le « quoi » en guise de point, les « tu vois » inutiles et tant d'autres...) ;
- les zozotements, chuintements, bégaiements et autres défauts de prononciation ;
- la vulgarité, autant dans l'usage des mots que dans le ton ;
- la préciosité (« Aurevouââââr, Madââââââme... »).

S'exprimer correctement

Il va sans dire que de nombreuses règles de savoir-vivre concernent le langage : outil par excellence des relations sociales, il doit être adapté aux situations, aux personnes et doit se plier à certaines exigences.

Ce qu'il faut éviter

— Passé 15 ans, mieux vaut oublier le langage « d' jeune » : de toute façon, vous aurez forcément un train de retard (il faut vivre dans les cours de récréation pour suivre l'actualité de ce langage en perpétuel renouvellement).

— Les expressions à la mode : qui n'a pas succombé à la déferlante du « tout à fait » ou du « c'est clair » ? Dès qu'elles sont abusivement utilisées, ces formules deviennent insupportables et soulignent la pauvreté de votre vocabulaire.

— Les expressions régionales : certains mots ne peuvent être compris que dans un périmètre restreint. Par exemple, il faut habiter Nice et sa région pour comprendre : « C'est pas des œillères qu'il a, c'est des plaques de socca ! » (*socca* : spécialité régionale, sorte de crêpe à la farine de pois chiche cuite dans une plaque ronde de 1 m de diamètre).

— Les anglicismes : nous vivons totalement sous influence anglo-saxonne et l'on peut comprendre que certains mots anglais ou américains (notamment dans les domaines des technologies) soient passés dans le langage courant (les tentatives de l'Académie pour privilégier le terme *courriel* plutôt que *e-mail* sont restées vaines). En revanche, s'il s'agit d'une sorte de snobisme (du genre j'ai-des-souvenirs-de-mes-études-à-Yale), mieux vaut limiter leur usage : « Je te trouve très *fashion*. Moi aussi j'adore *customiser* mes vêtements dans un style très *girly*. Ce qu'en pensent les autres ? *So what !* »

— Le jargon technique : rien de plus agaçant que d'assister à la discussion de deux personnes échangeant des expressions hermétiques : « J'ai présenté une TMA pour laquelle j'ai dû trouver 3 C++, 1 Java... » (traduction : « J'ai présenté un devis pour lequel j'ai dû trouver des ingénieurs spécialisés en langage C++ et Java »).

— Les gros mots, les termes trop crus ou insultants.

Les fautes de français

Si l'on peut en pardonner une de temps à autre, elles ne peuvent émailler votre discours au risque de vous faire passer pour : a) une illettrée, b) une gourde, c) une pov' fille.

Testez vos connaissances...

Le tableau ci-dessous présente des fautes de français courantes dans la colonne de gauche. Masquez la colonne de droite et tentez de retrouver l'expression correcte avant de regarder la réponse :

On ne dit pas	On dit
○ C'est quand qu'on mange ?	○ À quelle heure dînons-nous ?
○ Quand est-ce qu'on part ?	○ Quand part-on ?
○ C'est qui qui l'a fait ?	○ Qui est-ce qui l'a fait ?
○ Je vais au dentiste	○ Je vais chez le dentiste
○ Hein ? Quoi ? Comment ?	○ Pardon ?
○ Je monte en haut / je descends en bas	○ Je monte / Je descends
○ Malgré que	○ Bien que
○ Par contre	○ En revanche
○ Ceci dit	○ Cela (étant) dit
○ Je pars à Bordeaux	○ Je pars pour Bordeaux
○ T'es revenu sur Dijon ?	○ Tu es revenu à Dijon ?
○ La voiture à Nicole	○ La voiture de Nicole
○ « Au plaisir ! »	○ « Au revoir ! »
○ Je m'excuse / Excusez	○ Je vous prie de m'excuser
○ J'y vais de suite	○ J'y vais tout de suite
○ J' vous cause pas à vous !	○ Je ne vous parle pas !
○ Vous me remettez ?	○ Vous vous souvenez de moi ?
○ Il m'a disputée	○ Il m'a grondée / réprimandée
○ Cela m'est indifférent	○ Cela m'indiffère
○ Cela m'est insupportable	○ Cela m'insupporte
○ Ils croivent que...	○ Ils croient que...
○ De rien	○ Je vous en prie
○ Elle veut faire avocat	○ Elle veut devenir avocate
○ Lettre à l'intention de Mme Michu	○ Lettre à l'attention de Mme Michu

On ne dit pas	On dit
○ Il viendra ce tantôt	○ Il viendra cet après-midi
○ C'est eux que j'ai croisés	○ Ce sont eux que j'ai croisés
○ J'habite à Avignon	○ J'habite en Avignon
○ Si j'aurais su	○ Si j'avais su
○ Je l'ai lu sur le journal	○ Je l'ai lu dans le journal
○ J'ai mangé du fruit	○ J'ai mangé des fruits
○ Aréoport	○ Aéroport
○ Omnibulé	○ Obnubilé
○ Ennuis pécuniers	○ Ennuis pécuniaires
○ Soupoudrer	○ Saupoudrer
○ Infractus	○ Infarctus
○ De mal en pire	○ De mal en pis

Faire la conversation

Difficile d'apprendre à « faire la conversation » dans les règles de l'art... Parler aux autres doit être spontané, naturel et sans effort (enfin, le moins possible).

Entre amis, le dialogue s'instaure facilement, les sujets de conversation se bousculent et on a souvent du mal à s'arrêter (voir vos notes de téléphone). Dans d'autres situations (dans un dîner un peu formel, dans une soirée où vous ne connaissez personne, coincée dans un ascenseur en panne...), il est parfois plus difficile d'animer le débat. Pourtant, il faut bien « meubler » pour éviter que les anges ne passent en troupeau.

Top 5 des sujets de conversation faciles :

1. La météo (cela permet de dériver très vite sur d'autres sujets comme les vacances, le trou de la couche d'ozone, les indices de crèmes solaires, etc.).
2. La santé (demander des nouvelles de la santé pour commencer et évaluer la situation : si les tracas sont bénins, alimenter la conversation ; si l'on a mis le doigt sur un sujet délicat, bifurquer immédiatement). Variante : les attributs physiques (complimenter la bonne mine de quelqu'un, s'inquiéter de son air fatigué, etc.).

3. La famille, les enfants (*idem* : si vous demandez des nouvelles du petit dernier et qu'on vous annonce qu'il redouble sa maternelle, essayez de passer au sujet n° 4 le plus vite possible). Attention ! ce thème peut donner lieu à d'interminables monologues de la part de jeunes parents en extase devant les « areu » de leur premier enfant.
4. La télé-réalité (en commençant une phrase par « Savez-vous qui est sorti de la Starac' cette semaine ? », vous êtes presque sûre d'embrayer pour un petit quart d'heure de discussion).
5. Les résultats sportifs (attention à ne pas prendre position en faveur d'une équipe de foot sans savoir de quel club de supporters fait partie votre interlocuteur).

Top 5 des sujets à éviter (surtout quand on ne connaît pas les opinions de celui ou celle avec qui l'on parle) :

1. La politique (à moins d'être dans une réunion de militants), la religion... ou tout autre sujet qui demande de s'engager.
2. Les races, l'immigration.
3. Les mœurs.
4. La maladie.
5. Tout débat sensible pour certains.

Peut importe le sujet de la conversation, s'il n'y a pas vraiment de méthode pour faire prendre la mayonnaise, il existe en revanche de grands principes qu'il convient de suivre afin de ne pas passer pour une malotrue.

Il ne faut pas...

... couper la parole

On ne déboule pas au milieu de la conversation des autres, faisant comme s'ils n'existaient pas ou ignorant superbement qu'ils sont en train de discuter.

En général, on laisse son interlocuteur achever sa phrase, aller au bout de sa démonstration, placer tout son blabla. Bien entendu, on peut saisir la moindre occasion pour donner un argument, répondre ou changer de sujet. C'est cet échange qui fait le dialogue.

LE PETIT PLUS QUI FAIT LA DIFFÉRENCE.

Si vous interrompez quelqu'un sans le vouloir, excusez-vous et attendez que l'on vous donne la parole.
Si vous avez affaire à une pipelette incapable de vous laisser en placer une, vous pouvez toujours attirer son attention en lui disant : « S'il vous plaît, écoutez-moi. » Si vous n'en pouvez plus, criez « STOOOOOP ! » : c'est très mal élevé, mais le plus souvent l'effet de surprise arrête les interlocuteurs.

... accaparer la parole

Même si vous avez des tas de choses à raconter / si vous trouvez que vos souvenirs de vacances à Ibiza méritent l'attention de tout l'auditoire (surtout si vous avez dansé toute la nuit avec David Guetta) / si vous vous trouvez irrésistible... vous n'avez pas de raison de monopoliser la parole. Si vous êtes incapable de *dia*-loguer, il vous reste une solution pour *mono*-loguer tout à votre aise : entamez une analyse.

... raconter des choses ultra-personnelles

Cela pourrait gêner les gens à qui vous vous adressez.

... poser une question et ne pas attendre la réponse

En agissant ainsi, vous montrez à l'autre que vous vous moquez éperdument de ce qu'il pense : ce n'est pas bien, jeune fille ! Cette attitude peut être très blessante.

... se mêler des conversations

À moins d'avoir un argument absolument primordial à amener au débat, on ne s'incruste pas au milieu d'un groupe pour participer à ce qui se dit si l'on n'est pas concernée.

... donner son avis sur tout

Avez-vous la science infuse ? En général, on intervient seulement quand on peut apporter quelque chose d'intéressant à la conversation. Si vous parlez pour parler, mieux vaut vous taire, au risque de passer pour une prétentieuse.

LE PETIT TRUC QUI FAIT LA DIFFÉRENCE

Sur certains sujets, mieux vaut avouer son ignorance plutôt que d'avancer des idées hasardeuses. Cela permet même de relancer la conversation : « Ah bon ! Je ne savais pas que Karl Lagerfeld avait signé une collection pour Kiabi ! Et alors, c'est sympa ??? »

En revanche, il faut...

... écouter l'autre (feindre l'air intéressé même si on ne l'est pas)

Cela s'apparente à l'hypocrisie : mais les relations sociales ne sont-elles pas une vaste mascarade ???

LE PETIT TRUC QUI FAIT LA DIFFÉRENCE

Il est assez pénible de soutenir une conversation qui n'a absolument aucun intérêt. Pourtant, parfois, vous êtes coincée. Apprenez à passer en mode « veille » : gardez un sourire bienveillant accroché aux lèvres et acquiescez régulièrement à ce que dit votre interlocuteur (trice) (« hum hum » ou « hon hon » conviennent bien). Vous pouvez même ajouter quelques petits hochements de tête. Pendant ce temps, branchez votre esprit sur une autre fréquence. Attention ! cette technique mérite un

certain entraînement : il faut pouvoir revenir à la conversation très vite – si l'autre vous pose une question, par exemple.

... mesurer ses propos

Ne pas lancer d'affirmations à l'emporte-pièce : « Les fonctionnaires ? Que des fainéants ! », « Les soldes chez Gucci ? Que des rossignols ! ».

On ne sait jamais à l'avance quelles sont les opinions de l'autre.

... s'adapter à son interlocuteur (trice)

Vous n'aurez pas les mêmes sujets de conversation avec Mamie Yvonne ou avec le petit stagiaire de la compta. Sachez vous adapter.

... affirmer son désaccord poliment

Pas la peine de vous emballer. Si vos opinions sont très différentes, si vous voyez que la conversation va droit dans le mur, mieux vaut clore la discussion par un : « Je crois que nous ne pourrons pas être d'accord, restons-en là » qui apaisera la situation.

Parler en public

Prendre la parole au vin d'honneur du mariage de votre cousine, présenter un projet lors d'un *meeting* avec les clients coréens, exposer votre point de vue pendant la réunion des parents d'élèves... vous détestez ! Vous, votre truc, c'est plutôt de rester bien planquée au fond de la salle, à gribouiller des spirales sur votre bloc en faisant croire que vous prenez des notes.

Pourtant, s'exprimer devant une assemblée est une épreuve que vous devrez passer quelque fois dans votre vie : il ne s'agit pas d'arriver là, toute tremblante, les mains moites, de bredouiller deux phrases et de croire que tout le monde sera content. Eh non ! Ce serait un manque de respect pour ceux qui vous écoutent et une bien mauvaise image donnée de vous-même.

COMMENT PASSER POUR UNE BRILLANTE ORATRICE ALORS QUE VOUS AVEZ LE CHARISME D'UNE SOURIS

— Préparez-vous à l'avance : sachez ce que vous allez raconter, répétez votre discours ; au besoin, rédigez-le à l'avance en surlignant les idées majeures. Ne lisez pas votre texte mais utilisez-le comme un appui pour avoir confiance en vous.
— N'essayez pas d'être drôle à tout prix : ce n'est pas donné à tout le monde de faire un one-woman-show.
— Si vous le pouvez, repérez les lieux un peu avant pour ne pas être impressionnée par le décor.
— Parlez clairement, en articulant, d'une voix assurée. N'accélérez pas en croyant pouvoir en finir plus vite. Même avec un trac épouvantable, il faut que les gens comprennent ce que vous dites.
— Contrôlez le langage de votre corps : dites-vous que l'on vous écoute, mais aussi que l'on vous regarde. Ne vous grattez pas, ne triturez pas vos cheveux, ne pétrissez pas le lobe de votre oreille, etc.
— Allez droit au but : ce n'est pas parce que vous tenez le micro qu'il faut vous croire au casting de « La Nouvelle Star ». Soyez concise, n'ouvrez pas de parenthèses que vous ne refermerez jamais.
— À la fin d'une réunion professionnelle, demandez aux autres s'ils ont des questions à vous poser (vous pouvez implorer le Ciel pour que personne ne se manifeste mais n'ayez pas l'air désespérée si quelqu'un lève le doigt). Répondez-leur.

LE PETIT PLUS QUI FAIT LA DIFFÉRENCE

Regardez les gens dans les yeux, sans fixer quelqu'un en particulier. Cela donne l'impression que vous êtes sûre de vous, que vous savez de quoi vous parlez ...

Des choses difficiles à dire

La communication avec les autres ne se fait pas toujours sur un ton badin, au cours de conversations légères et policées. Parfois, il est des choses difficiles à dire, plus ou moins graves, des choses que l'on ne peut pas asséner comme ça, sans précautions. Le savoir-vivre veut alors que l'on sache prendre des gants pour ne pas blesser ni effrayer les autres ...

Annoncer une mauvaise nouvelle

Dans la mesure du possible, essayez de ne pas le faire par téléphone (encore moins par mail). Trouvez le moment opportun, choisissez bien les mots que vous allez employer. Montrez votre soutien, proposez votre aide, soyez réconfortante.

Présenter des excuses

Vous avez fait une grosse boulette, vous êtes responsable d'une situation embarrassante... sachez avouer vos torts et présenter des excuses auprès des personnes concernées. Pas la peine de vous mettre à genoux et de réclamer d'être fouettée, la formule « Je vous prie de m'excuser » est suffisante.

Demander un service

Vous aimeriez que votre cousine vous prête son studio pour un rendez-vous secret, que votre collègue vous « couvre » lorsque vous quittez plus tôt la boutique, que votre épicier vous avance 6 œufs si vous avez oublié votre porte-monnaie...

Soyez humble, demandez poliment et, surtout, confondez-vous en remerciements.

Si vous sentez que l'autre est réticent, n'insistez pas. Rendez la pareille dès que possible.

SITUATION DE CRISE : METTRE FIN À UNE CONVERSATION INSUPPORTABLE

Vous avez sûrement déjà vécu ce terrible moment où vous être prise au piège par un(e) incorrigible bavard(e) qui vous « tient la jambe », vous raconte par le menu les détails de sa vie privée ou tout autre sujet dont vous n'avez absolument rien à faire, pensant que vous êtes devenue sa nouvelle confidente.

Comment s'en sortir ?

Tout dépend des circonstances : s'il s'agit de la femme de votre patron, vous serez sûrement obligée de l'écouter plus longuement qu'un illustre inconnu.

Malgré tout, essayez de :
— garder une attitude polie : ne bâillez pas, ne regardez pas vos ongles ni votre montre, ne cherchez pas désespérément du regard une personne connue dans l'entourage et n'implorez pas son aide par des œillades appuyées ;
— reprendre la parole et de changer de sujet ; tentez même d'inclure un tiers dans la conversation dans l'espoir de lui passer le relais ;
— dès que vous le pouvez, dire poliment : « J'étais ravie de discuter avec vous. Je vous laisse un instant, je dois aller saluer untel / je dois me rendre à un rendez-vous / j'ai un coup de téléphone à passer. »

Correspondance

Nous n'avons jamais eu autant de moyens de communication à notre disposition : courrier, téléphone, mail, texto, message vidéo... Envoyer un message, rester en contact n'a jamais été aussi facile. Pourtant, contre toute attente, une nouvelle question se pose : « Suis-je sûre d'envoyer LE bon message ??? » Passage en revue des nouvelles règles du jeu :

Écrire une lettre

À l'âge de la communication électronique, la lettre manuscrite se fait rare. À quand remonte la dernière fois où vous avez pris votre plus belle plume, votre papier vélin et vos enveloppes doublées pour rédiger une missive ? Quand vous aviez 15 ans et que vous envoyiez des mots enflammés à Pablo, votre correspondant espagnol, pour qui vous brûliez d'amour (souvenez-vous, vous brûliez aussi le contour du papier pour donner un genre courrier-dicté-par-la-flamme-de-mon-cœur).

Aujourd'hui, vos outils sont plutôt le traitement de texte et l'imprimante... vos courriers professionnels, administratifs ou officiels sont dactylographiés. Mais il reste certaines occasions où écrire quelques mots de sa main donne de l'importance au message.

Quand prendre sa plume ?

1. Écrire à un être cher : en montrant que vous avez pris le temps de consacrer quelques instants à la rédaction d'une lettre, vous prouvez l'attachement que vous avez envers le destinataire, vous pouvez dévoiler des sentiments difficiles à dire de vive voix, reprendre contact avec quelqu'un à qui vous n'oseriez pas téléphoner, etc. Aujourd'hui, recevoir une lettre manuscrite est si rare que la chose devient très signifiante.
2. Présenter ses condoléances : dans ces circonstances, on se doit de montrer sa sincérité en écrivant quelques mots de réconfort.
3. Souhaiter un anniversaire : plus qu'un coup de fil, une carte prouve à quel point la date est gravée dans votre mémoire (prenez la peine de la poster un ou deux jours avant pour qu'elle soit délivrée le jour dit).

LE PETIT PLUS QUI FAIT LA DIFFÉRENCE

Même si vous trouvez ça très rigolo, résistez à l'envie d'envoyer une carte qui fait « pouet-pouet » ou qui joue un air quand on l'ouvre, à moins de le faire au 10e degré. Laissez ce genre de gadget aux enfants.

4. Adresser ses vœux pour la Nouvelle Année reste une tradition (bien que l'on reçoive de plus en plus de mails à cette occasion) : même si vous achetez des cartes contenant un message préécrit, ajoutez un mot de votre main pour donner une note personnalisée.

LE PETIT PLUS QUI FAIT LA DIFFÉRENCE

Même si votre entreprise vous fournit le nécessaire pour vos divers contacts et clients, résistez à l'envie de l'utiliser pour vos envois personnels et familiaux :

Chère Tatie Jeanne,* LES POMPES FUNÈBRES DE FRANCE *vous souhaitent un joyeux Noël. Gros bisous.

C'est du plus mauvais goût.

Rappelez-vous : la règle veut que l'on envoie ses vœux entre le 15 décembre et le 31 janvier.

Qui doit envoyer en premier ? qui doit répondre ? Les plus jeunes font le premier pas, les plus âgés leur répondent.
Les cartes « *home made* » avec photo de toute la tribu sont à réserver à l'usage strictement familial (ou aux amis très proches).

POURQUOI EST-CE SI DIFFÉRENT D'ÉCRIRE À LA MAIN ?

Cela montre :

- que vous avez pris du temps (avec le traitement de texte, vous pouvez copier-coller des phrases, effacer des mots, les remplacer... sans avoir besoin de tout recommencer) – en écrivant une lettre manuscrite, vous êtes obligée de passer par l'étape « brouillon » si vous n'êtes pas sûre de vous ;
- que vous avez veillé vous-même à l'orthographe (et non cliqué sur les mots soulignés en rouge dans Word) ;
- que vous avez lutté contre les crampes de votre main pour aller jusqu'au bout (après des années passées à taper sur un clavier, on perd l'habitude de tenir un stylo plus de 2 mn).

Et ça, ça a du sens !

Quelques règles à respecter

1. Les fournitures

Même si vous n'avez que ça sous la main, n'utilisez pas une feuille à petits carreaux ou une page de cahier pour envoyer une lettre personnelle.

Choisissez du papier blanc, de bonne qualité (attention au recyclé qui boit l'encre). Vous pouvez aussi opter pour des couleurs très claires (ivoire, gris pâle) en veillant à choisir les enveloppes assorties.

Utilisez du papier à en-tête où figurent votre adresse et votre numéro de téléphone (le nom est à réserver aux courriers professionnels) : c'est très chic.

On écrit de préférence à la plume ou au stylo-feutre. Le stylo bille est à déconseiller.

Attention ! les papiers parfumés, à motifs (exemple : les modèles « gros nounours ou Snoopy » sont destinés aux moins de 10 ans.

De même, ne chipez pas non plus ses stylos à encre pailletée, senteur « banane ou noix de coco » à votre petite nièce.

LE PETIT PLUS QUI FAIT LA DIFFÉRENCE

On plie le papier en 3 et on le place de façon à ce que la signature apparaisse en premier en ouvrant l'enveloppe.

2. La calligraphie

Tout le monde n'est pas censé écrire en pleins et déliés. Seulement, si vous êtes du genre « pattes de mouche », faites au moins l'effort d'être lisible.

Vous ne pourrez pas faire grand-chose pour changer votre écriture (cela reviendrait à aller contre votre personnalité) mais tâchez d'éviter :

— les petits ronds à la place des points sur les *i* (on les accepte jusqu'à 12 ans, après c'est louche) ;

— les lettres penchées vers la gauche (les experts en graphologie en déduisent que cela traduit des problèmes psychologiques) ;

— les lignes montantes ou descendantes ;

— les lettres-bâtons ou les majuscules.

LE PETIT PLUS QUI FAIT LA DIFFÉRENCE

Pour ne pas être prise au dépourvu, gardez chez vous de quoi écrire (même si vous en avez rarement l'occasion) : du papier à lettre blanc, des enveloppes, des cartes en bristol pour les petits mots et des timbres. Vous pouvez même avoir une petite réserve de cartes décorées pour les anniversaires ou les fêtes.

Veillez à ce que votre carnet d'adresses soit à jour : cela serait dommage d'avoir fait l'effort d'écrire à quelqu'un et d'être obligée de l'appeler pour lui demander son adresse...

SITUATION DE CRISE : VOUS AVEZ FAIT DES PÂTÉS SUR VOTRE FEUILLE

Ce qu'il ne faut pas faire :
— faire de ratures ;
— barrer un mot et en écrire un autre au-dessus ;
— badigeonner de Typex ;
— changer de stylo au milieu de la lettre (si, par malheur, celui que vous utilisez ne fonctionnait plus, continuez avec un stylo identique).
Ce qu'il faut faire :
— RECOMMENCER !
— on autorise un seul post-scriptum, pour ajouter une information annexe (qui sort du contexte de la lettre) ; en accumuler plusieurs montre :
- que vous n'avez pas de tête,
- que vous auriez mieux fait de faire un brouillon.

3. L'orthographe, la grammaire

On fait un effort... quitte à consulter dictionnaires et manuels de conjugaison (ne jamais jeter son *Bescherelle* de l'école primaire). Rien de pire que de recevoir une lettre enflammée bourrée de fautes :

« Je tème bocou. Tu est le soleille de ma vi. Je panse a toi tou le tant. Kan cé kon se voi ? Tu me manke. » On en redemande !

LE PETIT PLUS QUI FAIT LA DIFFÉRENCE

Si vous étiez abonnée au zéro en dictées du niveau CE2 et que vous n'avez pas progressé depuis, tapez votre lettre avec un logiciel de traitement de texte. Effectuez toutes les corrections orthographiques et grammaticales que vous propose l'ordinateur. Ensuite, recopiez la lettre à la main.

4. La présentation

La mise en page d'une lettre doit suivre certaines règles :

— si le papier est sans en-tête, on mentionne en haut à gauche son nom, son adresse, son numéro de téléphone, son e-mail ;

— en haut à droite, on note le lieu et la date (*« Paris, le 3 mars 2005 »* et non *« le 03.03.2005 »*) ;

— pour un courrier administratif, on indique à droite, un peu plus bas que la date, à quel service il est adressé (*« À l'attention de M. ..., service Contentieux »*) ;

— on laisse une marge sur les côtés (environ 5 cm du côté gauche) et en bas (on ne réduit pas l'interligne pour « tout caser » dans une seule page ; s'il le faut, on ajoute une seconde page qu'il convient alors de remplir à moitié).

5. Le début de la lettre

Tout dépend de la personne à qui vous vous adressez et du degré de familiarité que vous avez avec elle :

- À une personne proche, un parent ou un ami, on écrit : *« Cher Pierre »*, ou *« Mon Cher Pierre »*. En cas de très grande proximité, vous pouvez vous permettre quelques fantaisies : *« Mon Amour »*, *« Ma Chérie »*, *« Mon Roudoudou »*, *« Ma Caille »*, *« Ma Pupuce »*, etc.
- À quelqu'un que l'on connaît, mais sans être intime : *« Cher Monsieur »* ou *« Chère Madame »* (sans mentionner le nom *« Chère Madame Dubois »* ni *« Ma Chère Madame »*) ou encore *« Cher Ami »*.
- À quelqu'un que l'on ne connaît pas : *« Monsieur »* ou *« Madame »* selon que vous savez si vous vous adressez à un homme ou une femme. Dans un courrier administratif, si vous ne savez pas qui lira votre lettre : *« Madame, Monsieur »* ou *« Messieurs »*.

Attention ! la formule de politesse de la fin de la lettre doit reprendre l'intitulé : si vous avez commencé par *« Chère Madame »*, vous réutiliserez l'expression dans *« Veuillez agréer, Chère Madame, l'expression de mes sentiments les meilleurs »*.

LE PETIT PLUS QUI FAIT LA DIFFÉRENCE

Le bon usage veut que l'on ne commence pas une lettre par *« Je »* ou par un participe. Par exemple, on n'écrira pas :

« Cher Monsieur, je vous confirme… » **ni** ***« Confirmant notre rendez-vous… »*** **mais** ***« Suite à notre conversation téléphonique, je me permets de confirmer… »*** **ou encore** ***« Il me semble utile de confirmer aujourd'hui notre rendez-vous ».***

6. La signature

On laisse un espace entre la fin de la lettre et la signature, que l'on place au choix : au milieu ou sur la droite. On signe de son prénom pour une lettre amicale ; pour un courrier plus formel, on mentionne son nom et son prénom (et non l'inverse).

Elle est écrite à la main : si votre nom est difficile à reconnaître, réécrivez-le lisiblement en dessous.

On oublie les « *Kiss* » anglais (figurés par des croix sous la signature), les petits cœurs, les fioritures autour du nom.

7. L'adresse

Elle commence un peu en dessous du milieu de l'enveloppe, légèrement sur la droite. On mentionne le nom du destinataire, précédé de *« Monsieur », « Madame », « Mademoiselle »* ou encore *« Monsieur et Madame ».* Aujourd'hui, on écrit à une femme en mentionnant son propre prénom (il y a encore quelques années, on écrivait *« Madame Louis Martin »* : c'est dire s'il y a du progrès).

Sur la ligne suivante, on note l'adresse, puis plus bas, le code postal et la ville. Si la lettre part à l'étranger, on mentionne le pays en dessous.

LE PETIT PLUS QUI FAIT LA DIFFÉRENCE

Utiliser les enveloppes précasées est très pratique mais pas toujours joli (elles ne sont pas assorties à votre papier à lettre). Prenez modèle sur l'emplacement de l'adresse pour aider les machines trieuses de La Poste : ça, c'est du civisme !

8. Le timbre

On le colle en haut à droite, dans le bon sens.

On pèse sa lettre pour l'affranchir suffisamment.

On peut faire l'effort de choisir un joli timbre, et on peut même profiter du service de La Poste qui permet d'éditer des timbres personnalisés à partir d'une photo... à réserver aux proches.

On peut remercier le responsable marketing qui a eu l'idée de fabriquer des enveloppes prétimbrées que l'on peut acheter au supermarché entre une botte de poireaux et un paquet de biscuits.

« L'EXPRESSION DE MA CONSIDÉRATION RESPECTUEUSE » OU QUELQUE CHOSE COMME ÇA

Ah, les formules de politesse ! Vous savez qu'il existe des règles très précises dans ce domaine... mais vous vous contentez toujours d'adresser vos *« salutations distinguées »* parce que vous trouvez que « ça fait bien ». Sachez pourtant qu'il y a de nombreuses nuances, de nombreuses expressions qui varient selon les circonstances, l'âge, le rang et le degré d'intimité que l'on a avec le destinataire... autant d'éléments qui compliquent beaucoup le choix de la bonne formule.
Pour éviter de passer des heures à se creuser la tête, retenons quelques exemples, faciles à utiliser selon les cas :

Lettre amicale (on peut terminer très simplement et rapidement)
- *Avec toute mon amitié (toutes mes amitiés)*
- *Bien amicalement*
- *Avec toute ma sympathie (mon affection)*
- *Bien à toi (à vous)*
- *Cordialement*

On évitera tout de même les *« Bisous »*, *« Plein de poutous baveux »* et autres *« Kiss »* qui sont à réserver aux correspondances adolescentes.

Lettre à quelqu'un que l'on connaît, mais sans être proche
- *Veuillez accepter...*
- *Acceptez...*
  - *... mes meilleures salutations*
  - *... l'expression de mes sentiments les meilleurs*
  - *... mes hommages affectueux*
- *Veuillez croire en...*

- *Croyez* (pour une femme) *en...*
  ... mes sentiments les plus sympathiques
  ... l'expression de ma considération distinguée
  ... l'expression de mes sentiments respectueux

Lettre officielle, administrative ou professionnelle

- *Veuillez agréer (accepter) l'assurance...*
  ... de mes sentiments distingués
  ... de mon fidèle dévouement (à un supérieur)

Remarque : alors que cela ne se faisait pas il y a quelques années, une femme peut aujourd'hui envoyer ses « sentiments » à un homme. Plus personne ne se formalise pour cela.

Écrire une carte postale

Pourquoi en envoyer ?

— Parce que cela occupe les après-midi pluvieuses ;

— parce que vous l'avez promis à Mamie ;

— parce que vous voulez faire baver d'envie vos collègues ;

— parce que, devant tant de beauté / de culture / de soleil, vous souhaitez partager votre bonheur.

Quelle carte choisir ?

Parfois, les modèles sont plus laids les uns que les autres... On choisit alors... le moins pire. Essayez d'éviter :

— tout ce qui se veut humoristique, pseudo-poétique (genre coucher de soleil sur la dune) ou pseudo-érotique (surfeurs body-buildés et huilés ou gros plan sur fessier de Brésilienne bronzée) ;

— tout ce qui est ringard ou démodé (sur la photo, les gens sont habillés avec des pattes d'ef) : regardez la date d'impression au dos de la carte, elle y figure sûrement ;

— les clichés trop touristiques (le Sphinx en Égypte, l'Acropole en Grèce...) : essayez d'être un peu plus originale ;

— les cartes fournies par l'hôtel : à moins qu'elles ne soient vraiment très jolies... En aucun cas, ne dessinez de croix ou de rond sur la photo pour indiquer l'endroit où se situe votre chambre.

Quoi écrire ?

Rien de plus difficile que de rédiger un message sur une carte postale : il faut dire l'essentiel en très peu de mots, tout en évitant les banalités du type : *« Il fait beau, tout est beau, tout va bien »* ou *« Bons baisers de Patagonie »*.

Le but est de donner de vos nouvelles (votre avion n'a pas été détourné, vos bagages sont arrivés, vous n'avez pas encore attrapé la turista, etc.) et d'indiquer que vos vacances sont agréables.

Essayez de rédiger quelque chose d'humoristique, c'est la meilleure façon de ne pas tomber dans le piège de la « corvée des cartes postales ».

LE PETIT PLUS QUI FAIT LA DIFFÉRENCE

Tentez de personnaliser les messages : n'envoyez pas la même carte à tous vos amis... ils risquent de s'en apercevoir.

Si vous souhaitez donner des infos un peu plus privées, glissez la carte concernée dans une enveloppe.

Postez-les suffisamment tôt pour qu'elles arrivent avant votre retour.

Cartes de visite (et de correspondance)

Les cartes de visite personnelles permettent d'envoyer un mot (invitation, condoléances, une information), d'accompagner l'envoi d'un bouquet ou d'un cadeau, de laisser ses coordonnées à quelqu'un que l'on rencontre.

Formats :

- Il existe plusieurs formats mais il est préférable d'utiliser un modèle suffisamment grand pour pouvoir écrire quelques mots. L'idéal est d'en avoir de deux sortes : toutes petites pour les glisser facilement dans le porte-feuille, plus grandes pour la correspondance.
- Préférez le bristol blanc et les caractères imprimés en noir : choisissez quelque chose de simple – toujours plus élégant.

Vos coordonnées :

- Pour le nom, tout dépend de votre situation :

Un homme	prénom et nom (sans *Monsieur*) **Paul Tartempion**
Un couple	Pour les plus âgés *Mr et Mme* (en abréviation) + prénom de l'homme + nom **Mr et Mme Paul Tartempion** Pour les plus jeunes les deux prénoms + le nom **Paul et Anne Tartempion** Pour les concubins, les pacsés prénom + nom de l'homme + prénom + nom de la femme **Paul Tartempion et Christine Duchmol**

Une femme célibataire	prénom et nom (sans *Mademoiselle*, à moins d'être très âgée) **Christine Duchmol**
Une femme mariée	*madame* (en toutes lettres) + prénom + nom **Madame Anne Tartempion**
Une femme divorcée	*madame* + prénom + nom de jeune fille (à moins qu'elle ait gardé son nom d'épouse) **Madame Anne Bidule**

En général, on mentionne le nom au centre de la carte ou un peu plus haut pour laisser de la place pour écrire quelques mots.

Remarque : les diplômes ou les fonctions ne figurent que sur les cartes professionnelles ; ils sont placés sous le nom.

- L'adresse est notée à gauche, en haut ou en bas.
- Les numéros de téléphone fixe, de portable, l'e-mail privé sont notés en face, à droite, en haut ou en bas.

Remarque : pour une carte personnelle, pas besoin de mentionner un numéro de fax ou une adresse e-mail professionnelle.

Usage :

- Une carte de visite se rédige à la 3e personne et ne se signe pas.
- Dans un contexte très intime, on peut barrer le nom, rédiger le texte à la 1re personne et signer.

LE PETIT PLUS QUI FAIT LA DIFFÉRENCE

N'utilisez pas de carte professionnelle pour un usage perso.
On accepte aujourd'hui qu'une femme donne sa carte à un homme (quel progrès !).
On peut déposer une carte (dans une enveloppe) dans la boîte aux lettres de quelqu'un : on écrit le nom du destinataire et EV (*En ville*) à la place de l'adresse.

« Je te maile, tu me mailes, on se maile »

Quelle invention extraordinaire que l'e-mail !!! Où que vous soyez, vous pouvez communiquer quasiment en direct, à travers le monde entier, gratuitement et sans vous fatiguer. Le courrier électronique est si facile et si pratique qu'il est devenu incontournable, toute personne n'ayant pas d'adresse e-mail aujourd'hui étant considérée comme un rétrograde proche de l'homme de Neandertal.

Les avantages de l'e-mail sur tout autre moyen de communication :

- Vous archivez facilement tous vos courriers dans votre ordinateur.
- On peut diffuser de l'information à différentes personnes de manière simultanée, sans réécrire plusieurs fois le même message.
- On peut utiliser la fonction « CCi » (*Copie Conforme invisible*) pour prendre quelqu'un à témoin d'un échange sans que les autres le sachent.
- On peut être parfaitement anonyme (ce qui n'autorise pas tout de même à envoyer des horreurs à sa rivale).
- On peut lire ses messages quand on le souhaite.

Dans ce tableau idyllique, gardons pourtant en tête que l'usage du mail doit suivre quelques règles élémentaires de politesse et qu'il peut aussi vous jouer des tours...

Les gros inconvénients de l'e-mail :

- Certaines choses sont difficiles à dire en quelques lignes et l'on peut mal interpréter votre pensée.
- Toutes vos archives peuvent être détruites si votre disque dur connaît un problème technique.
- Vous pouvez attraper et diffuser des virus.

- Vous pouvez faire de grosses bourdes d'un simple clic. Exemple : faire une erreur de destinataire et envoyer un message lubrique au directeur des ressources humaines au lieu de votre fiancé (vous vous êtes juste trompée de ligne dans votre liste de contacts).

Comment écrire un mail parfait en 10 leçons

1. Moins formel qu'une lettre traditionnelle, l'e-mail nécessite tout de même un minimum de rigueur : écrivez des phrases courtes et directes mais pas en style télégraphique, veillez à l'orthographe (ce n'est pas parce que le message est rapide qu'il doit être bâclé).
2. Soyez assez brève : l'idéal est que le message tienne sur la longueur d'un écran (sans avoir à descendre avec « l'ascenseur »). Si vous avez plus de choses à dire, c'est que le mail n'est pas forcément le meilleur support pour cela.
3. Si vous n'avez pas besoin de noter votre adresse, ni le lieu ou la date (celle-ci est automatiquement indiquée), il est utile de le signer (utilisez l'option « signature automatique »), surtout si vous ne connaissez pas la personne à qui vous l'envoyez. Rappelez-vous que, derrière l'intitulé de votre adresse, on ne reconnaît pas forcément votre nom.
4. Les formules de politesse peuvent être brèves : *« Cordialement »* ou *« Bien à vous »* si vous connaissez bien le destinataire ; *« Avec mes sentiments les meilleurs »* ou *« Avec mes salutations distinguées »* pour quelqu'un d'autre.
5. Identifiez clairement le sujet de votre courrier. Pour la correspondance professionnelle, soyez très précise dans votre intitulé, afin que votre destinataire le repère mieux. Écrivez *« Informations contrat M. Lenoir »* plutôt que *« Urgent »*.
6. Écrire en majuscules est assimilé à crier : vous croyez seulement insister sur un terme et le lecteur peut prendre ça comme un signe de colère ou d'impatience. Pour mettre en valeur un mot, entourez-le avec des astérisques.

7. Faites attention au « ton » utilisé : parce qu'il est rapide et un peu sec, le mail ne permet pas de parler de sujets délicats.
8. Même si, aujourd'hui, la majorité des internautes sont connectés en haut débit, n'envoyez pas de fichiers attachés trop volumineux qui pourraient bloquer le transfert ou saturer la boîte aux lettres du destinataire.
9. Si le message vous a été transmis et que vous ne voulez pas que cela se voie, modifiez l'intitulé en retirant le signe « Fw : » ainsi que tous les » » dans le corps du message.
10. N'envoyez pas d'informations confidentielles (n° de carte de crédit, codes secrets, etc.).

Du bon usage de l'e-mail

- Ne participez pas aux chaînes de mails ou aux pseudos-pétitions : ce n'est qu'un moyen pour les auteurs de récupérer de nombreuses adresses à peu de frais. De même, ne transmettez pas tous les mails humoristiques que vous recevez : la plupart du temps, ils ont déjà fait 3 fois le tour de la planète et vos destinataires les ont déjà reçus en 12 exemplaires.
- La politesse veut que l'on consulte régulièrement sa boîte aux lettres et que l'on réponde rapidement aux courriers reçus.

Attention cependant ! gardez quand même une once de liberté ! Un mail reçu (s'il n'est pas de la plus haute importance au niveau professionnel) n'est pas non plus un commandement de répondre. Vous pouvez toujours écrire quelque chose du type *« Désolée, je n'ai pas beaucoup de temps maintenant. Je reviens vers toi dès que possible »*.

- Vérifiez que les mails que vous transmettez ne contiennent pas de virus : rien de pire que d'être responsable du crash de l'ordinateur de son destinataire.
- Surveillez ce que vous dites, surtout en entreprise : même si votre patron n'a pas le droit d'espionner votre correspondance sans que vous en soyez prévenue, sachez que de nombreuses sociétés filtrent les messages de leurs salariés.

- Même s'ils gagnent en crédibilité, ils n'ont pas encore la valeur probante des courriers traditionnels.
- On n'annule pas un rendez-vous par mail (et si la personne n'était pas en face de son écran et ne pouvait lire le message ?) : on prend son courage à deux mains et on téléphone, comme une grande fille qui s'assume.
- On n'annonce pas par mail à un fiancé ponctuel que notre relation est terminée (il risquerait de pourrir notre boîte aux lettres en nous envoyant des virus).
- Les grandes nouvelles (mariage, fiançailles, divorce, etc.) ne s'annoncent pas par courrier électronique.

LE PETIT PLUS QUI FAIT LA DIFFÉRENCE

Attention ! l'abus d'e-mails est dangereux pour la santé ! Leur usage intensif peut être assimilé à celui d'une drogue : on pénètre dans un monde de communication virtuelle dont il est difficile de sortir (on connaît des personnes complètement accros, qui consultent frénétiquement leur boîte aux lettres toutes les 2 mn, comme si elles attendaient en permanence un message de première importance). Ne tombez pas dans la dépendance, décrochez de temps en temps votre téléphone, écrivez un mot à la main, rencontrez des gens pour leur parler « en vrai ».

SITUATION DE CRISE : « UNE ENVELOPPE CLIGNOTE SUR LE PC DE MON FIANCÉ. PUIS-JE LIRE SON MAIL PENDANT QU'IL EST SOUS LA DOUCHE ? »

Il est une technique pour que l'on ne s'aperçoive pas de votre curiosité : après avoir ouvert le message, il suffit d'aller dans l'onglet « Édition » de votre logiciel de courrier et de sélectionner l'option « Marquer comme non lu » – ni vu ni connu.

Mais il est ab-so-lu-ment INTERDIT de l'utiliser.

Votre chéri a droit d'avoir son jardin secret.

Vous pouvez aussi lui demander l'autorisation d'ouvrir ce message à travers la porte de la salle de bains : s'il vous répond « oui », allez-y ; s'il vous répond « non », vous pourrez toujours dire que vous n'aviez pas bien entendu à cause du bruit de l'eau.

Allô ?

Aujourd'hui, le téléphone n'est plus un outil de communication... il est le prolongement de notre bras, une extension de notre bouche, un nouvel organe greffé sur notre oreille. Il nous accompagne partout, nous traque, nous relie au monde en permanence (sauf sous les tunnels). Le téléphone a tellement d'emprise sur nous que l'on accepte sa dictature, qu'on lui obéit au doigt et à l'œil, quelles que soient les circonstances...

Si tout le monde téléphone, qui sait réellement quelles règles de savoir-vivre commandent son utilisation ?

Passer un appel téléphonique

Horaires

Évidemment, l'usage des téléphones portables qui nous rendent disponibles partout et à toute heure a beaucoup changé les règles du jeu. Pourtant, il reste important de conserver quelques principes, notamment en ce qui concerne les horaires...

Sur un téléphone fixe, on n'appelle pas :

- avant 9 h du matin (10 h pendant les week-ends) ;
- après 10 h du soir (même si on a un forfait « soir et week-end », à moins de savoir expressément que l'interlocuteur attend votre appel) ;
- pendant les heures de repas (12-13 h / 19-20 h) ;
- une jeune maman, une personne âgée ou malade n'importe quand : on respecte les heures où elle est susceptible de faire la sieste ;
- pendant un match de foot de l'équipe de France ;
- pendant un épisode de *24 Heures Chrono*.

On peut faire une entorse à ces règles et joindre quelqu'un sur son portable pendant tous ces créneaux horaires : c'est à lui (ou elle) de décider s'il (ou elle) a envie de répondre (s'il [ou elle] ne souhaite pas être dérangé[e], il [ou elle] peut choisir de mettre son mobile sur mode silencieux ou de l'éteindre, tout simplement).

Se présenter

Aujourd'hui, la présentation du numéro de celui (ou celle) qui vous appelle permet de l'identifier avant même de décrocher – ce n'est valable que pour les personnes dont vous avez entré le numéro dans votre répertoire.

Cela ne vous empêche pas malgré tout d'annoncer qui vous êtes : dire « C'est moi ! » n'est possible qu'avec ceux qui vous sont suffisamment proches pour identifier votre voix sur ces seuls deux mots.

Si vous appelez quelqu'un que vous ne connaissez pas, commencez par : « Bonjour, Alice Lambert à l'appareil. » Vous pouvez même continuer avec : « Excusez-moi de vous déranger, mais... » En effet, ce n'est pas parce que la personne décroche qu'elle est forcément disponible : tout appel est une incursion dans l'intimité de quelqu'un (à moins que vous ne tombiez sur une standardiste, auquel cas vous ne faites que justifier son salaire).

SITUATION DE CRISE : VOUS AVEZ DÉCROCHÉ MAIS VOUS NE POUVEZ PAS PARLER LIBREMENT

Vous êtes au téléphone avec l'homme avec qui vous avez passé une nuit torride... et votre patron entre dans la pièce : normalement, il ne devrait pas rester là, planté devant vous. Seulement, en voyant sa tête, vous sentez qu'il y a un problème urgent. Votre ton change subitement...

Bien souvent, il est très désagréable de parler à quelqu'un qui n'est pas naturel parce qu'il (ou elle) n'est pas seul(e) (même si la politesse veut que l'on quitte la pièce quand quelqu'un téléphone, pour ne pas l'importuner – aujourd'hui, avec les portables, la chose est très difficile !). Mieux vaut être honnête et dire : « Excuse-moi

mais je préfère qu'on se rappelle quand je serai un peu plus disponible » plutôt que de lui faire comprendre à demi-mot que quelqu'un nous écoute.

LE PETIT PLUS QUI FAIT LA DIFFÉRENCE

Il est absolument interdit de brancher le haut-parleur sans en avertir son interlocuteur. De toute façon, si vous avez l'ouïe fine, vous pourrez déceler que cette fonction a été activée au léger écho que l'on peut entendre alors.

Durée de l'appel

Aujourd'hui, les téléphones sont sans fil : une conversation peut s'éterniser puisque vous n'êtes pas clouée dans le couloir pour répondre.

Pourtant, on recommande de faire bref : un appel ne remplace pas une visite. Vous n'êtes pas censée raconter votre vie à quelqu'un dont vous n'êtes pas très proche. Avant, l'argument du prix de la communication était tout à fait valable (souvenez-vous de votre père brandissant la facture sous votre nez pendant votre adolescence...).

Bien entendu, si vous avez un forfait illimité, vous pouvez passer des heures en ligne avec votre sœur qui vit à l'autre bout de la France.

Si vous blablatez trop au téléphone, sachez décoder les signes d'énervement chez votre interlocuteur(trice) :

— des blancs dans la conversation (il [ou elle] est sûrement en train de faire autre chose) ;

— des « hon hon » répétés qui lui permettent de meubler ;

— le bruit de ses doigts sur le clavier (il [ou elle] finit de taper son rapport pendant que vous lui expliquez par le menu ce que cette vipère de Caro a raconté sur votre compte – en gros, il [ou elle] s'en moque) ;

— des bruits de fourchette et de mastication.

Quand vous aurez repéré un de ces indices, proposez de rappeler plus tard ou mettez fin à la conversation.

Si c'est vous qui souhaitez en finir avec une communication qui traîne en longueur, dites la vérité : « Écoute, Charlotte, j'adorerais discuter des heures avec toi, mais là je dois donner le bain aux enfants / je dois prendre le volant / j'ai autre chose à faire. »

LE PETIT PLUS QUI FAIT LA DIFFÉRENCE

En ce qui concerne l'interdiction de téléphoner en conduisant, ce n'est pas une question de savoir-vivre, c'est une question de vie ou de mort.

TESTEZ VOS CONNAISSANCES

1. La communication est coupée. Qui doit rappeler ?

C'est à la personne qui a passé l'appel de faire la démarche de contacter à nouveau son interlocuteur(trice). Inutile de composer le n° vous-même, vous risqueriez de tomber sur la messagerie de votre correspondant(e), lui (elle) aussi en train de vous laisser un message...

2. Vous faites une erreur. Devez-vous recomposer le n° ?

Tout dépend si elle est due à une « faute de frappe » ou si le n° que vous avez n'est pas le bon. Dans le premier cas, refaites un essai. Dans le second, ce n'est pas la peine de faire une nouvelle tentative.

3. Peut-on prendre une communication en double appel ?

En général non. C'est une preuve d'intérêt que l'on montre à son interlocuteur (-trice) quand on laisse sonner le signal sans prendre la communication.

Exceptions :

- On attend un appel de la plus haute importance.
- On est très proche de celui (ou celle) avec qui l'on parle, qui ne se vexera pas d'être coupé(e).
- On a très envie d'achever une conversation et on saute sur ce prétexte. Il s'agit alors de prendre des gants pour annoncer la chose.

Répondeur et messagerie vocale

Aujourd'hui, rares sont les lignes qui ne sont pas raccordées ou bien à un répondeur, ou bien à une messagerie vocale. Ainsi, à chaque appel, vous avez de nombreuses chances de tomber sur une charmante voix vous informant qu'il est possible de laisser un message à votre correspondant(e) (d'ailleurs, quand un téléphone sonne dans le vide, on ne trouve plus ça normal du tout !).

LE PETIT PLUS QUI FAIT LA DIFFÉRENCE

Rappelez-vous qu'il est désagréable de constater que les gens qui appellent ne laissent pas de message. Aujourd'hui, sur les portables, on peut vous identifier quand même ; donc, en raccrochant, vous ne resterez pas anonyme. Si vous n'avez pas envie de parler dans le vide, dites juste quelques mots (votre nom, l'heure et l'objet de votre appel) et demandez d'être rappelée.

Comment laisser un message efficace ?

- Si vous appelez un(e) inconnu(e), énoncez vos coordonnées, la raison de votre appel et concluez par : « À bientôt. »
- Soyez brève : les messages ont des durées limitées.
- Parlez clairement.
- Pas la peine de rappeler 10 fois en 1 h et de saturer le répondeur. Comprenez que votre interlocuteur(trice) est absent(e) (attendez son retour) ou qu'il (elle) ne souhaite vraiment pas vous parler (oubliez-le [la]).
- N'ayez pas peur : personne ne va se repasser en boucle votre enregistrement ou le garder pour un bêtisier. Ces paroles sont périssables : tant pis si vous bafouillez, si vous perdez le fil de votre pensée, on ne vous en voudra pas. De plus, les messageries vocales offrent souvent la possibilité de se réécouter et de faire des modifications.
- Si vous n'avez vraiment pas de temps et que vous souhaitez juste donner une info à quelqu'un, sans discuter avec lui, appelez-le à un moment où vous êtes sûre de son absence pour tomber directement sur sa boîte vocale.

Quelle annonce laisser sur son répondeur ?

On oublie tout de suite :

- les messages humoristiques (que l'on télécharge sur son portable), à laisser aux adolescents prépubères : au bout de la 3 e écoute, ils sont insupportables ;
- les blagues du genre « Allô ? Allô ? ... mais non, je ne suis pas là ! » : au 2e appel, votre interlocuteur(trice) ne se laissera plus prendre ;
- les extraits musicaux ;
- les messages « à message » : « Je ne suis pas là pour le moment. Si c'est toi, Michel, tu peux aller te faire voir ailleurs. Si c'est toi, Georges, tu peux me retrouver là où tu sais » ;
- les annonces trop longues qui font perdre du temps ;
- celles où l'on signale que l'on est en vacances : c'est une invitation faite aux cambrioleurs ;
- la liste de tous ceux qui vivent sous votre toit : « Vous êtes bien chez Franck, Isabelle, Léo, Emma et le chien Pollux... »

Rappelez-vous toujours que l'on peut vous appeler pour vous proposer un emploi ou pour une raison grave... Cet enregistrement est en quelque sorte la première image que vous donnez de vous à un inconnu.

Le truc basique qui fonctionne à tous les coups :

« Bonjour, vous êtes bien sur la messagerie de ... . Je ne suis pas disponible pour le moment mais laissez-moi un message et je vous rappellerai dès que possible. »

LE PETIT PLUS QUI FAIT LA DIFFÉRENCE

À votre domicile, vous pouvez laissez votre n° de portable ou vos coordonnées professionnelles – notamment si vous attendez un appel important.

On vous laisse des messages :

- Si on vous invite à rappeler, faites-le.
- Si vous étiez en train de filtrer vos appels, ne vous précipitez pas sur votre téléphone pour attraper votre interlocuteur(trice) au vol. Il se rendrait compte de la supercherie et, la fois suivante, aurait le droit de se demander si vous êtes réellement absente ou non.

COMMENT NOTER UN MESSAGE POUR QUELQU'UN ?

Si vous pouvez glisser à votre amoureux : « Au fait ! Ta mère a appelé ! », un message dans le cadre professionnel doit prendre en compte plus d'informations :

- **nom du destinataire ;**
- **nom de l'interlocuteur(trice) ;**
- **n° de téléphone (pour éviter d'avoir à le chercher) ;**
- **heure et objet de son appel ;**
- **heure à laquelle il (elle) doit être rappelé(e).**

Comment utiliser son téléphone portable ?

Mais comment avons-nous pu vivre avant l'avènement du téléphone portable ? Arrêtons-nous un instant et prenons conscience des progrès que l'on a pu faire grâce à cette merveille de technologie...

— Perdue au milieu du rayon « charcuterie », nous pouvons demander de l'aide à une personne chère pour prendre une décision aussi importante que « Jambon ou rillettes ? ».

— Miguel, votre amant garagiste, peut vous assister en direct pour changer une roue sur un chemin de campagne au milieu de la nuit.

— Nous pouvons retrouver l'être aimé au milieu d'une foule grâce à cette formule magique toute nouvelle : « Téoù ? »

En somme, après avoir goûté à la liberté qu'il nous donne, nous ne pouvons plus nous passer de lui. Attention : danger ! Être dépendante à ce point d'un objet peut nous faire oublier des principes de politesse tout à fait basiques.

Quand faut-il l'éteindre ?

S'il nous permet de rester en contact partout et tout le temps, il est des moments où il faut accepter de se couper du reste du monde par respect des autres...

On éteint son téléphone :

— dans les hôpitaux, chez les médecins ;

— dans les avions.

On éteint ou on met en mode « silencieux » :

— au restaurant, dans les cafés ;

— au cinéma, au théâtre ;

— pendant les réunions, les cours, les entretiens ;

— pendant une cérémonie religieuse ;

— pendant un dîner en amoureux (à moins que cela ne soit la baby-sitter qui appelle parce que Bibounet est tombé de la table à langer).

Comment se comporter avec un téléphone portable ?

Se la jouer modeste...

Avoir un mobile n'est plus un signe de richesse, d'importance ou de branchitude ; donc, pas la peine de pavaner et de parler fort pour que tout le monde vous remarque : il est inutile de décrocher et de dire « Allô, New York ? » pour faire croire que vous êtes en direct avec votre courtier à Wall Street. Cela ne suffira pas à vous faire passer pour une *executive woman*.

S'excuser auprès des autres quand on prend un appel.

Vous êtes au milieu d'une conversation et votre téléphone sonne. Il est impoli de répondre comme si vous étiez seule : excusez-vous auprès de vos interlocuteurs et isolez-vous si vous pensez que la conversation aura un caractère intime.

On ne dit pas :

— « Je suis avec X. Je ne peux pas parler » qui serait fort vexant pour le certain X.

— « Je te rappelle quand j'en ai fini avec X. »

— « Je me dépêche d'en finir avec X et j'arrive. »

Adapter le ton aux circonstances...

On parle doucement dans les lieux publics : ce n'est pas la peine de faire participer tout le monde à votre conversation. Si vous ne pouvez pas vous isoler (dans un bus, un taxi), ayez au moins la politesse de parler doucement.

LE PETIT PLUS QUI FAIT LA DIFFÉRENCE

Inutile de mettre votre main devant votre bouche, pensant que cela va atténuer le son de votre voix. Non seulement on vous entendra quand même, mais de toute façon, vous ne passerez pas pour un agent secret délivrant un message codé ultra-confidentiel.

Porter une oreillette bien visible...

Avez-vous remarqué la recrudescence du nombre de personnes qui parlent seules dans la rue ou dans leur voiture ? Non, elles ne souffrent pas de sénilité précoce... mais utilisent leur « kit main libre ». Même si tous les concepteurs travaillent pour réduire la taille des oreillettes, choisissez un modèle bien visible pour que l'on comprenne tout de suite que vous êtes au téléphone.

Ne pas téléphoner au volant...

Ça c'est pas moi, c'est la loi qui le dit.

Choisir la sonnerie

À l'époque où les portables n'étaient pas aussi répandus qu'aujourd'hui, choisir une sonnerie originale (*La Danse des canards*, *Le Beau Danube bleu*, *« Ca-pi-tai-ne Flam, tu n'es paaaas, de no-tre galaxiiiiiiie »*, etc.) était le comble de l'humour et surtout un moyen formidable de vous faire repérer comme détentrice d'un objet high-tech.

Aujourd'hui, il convient surtout de trouver quelque chose de discret mais de facilement identifiable : vous ne devez pas interroger tout le monde (« C'est toi qui sonnes ? ») avec un air ahuri dès qu'une mélodie retentit. Vous devez reconnaître la vôtre immédiatement. Vous devez également éviter de porter votre sac à main à votre oreille (c'est un comportement étrange).

LE PETIT PLUS QUI FAIT LA DIFFÉRENCE

Modérez le volume de votre sonnerie : ce serait dommage de provoquer des accidents cardiaques autour de vous (quoique... vous pourriez toujours appeler le SAMU avec votre portable).

LE MODE « VIBREUR »

Si vous avez décidé de l'utiliser pour ne louper aucun appel (parfois, dans un environnement bruyant, on n'entend pas la sonnerie), sachez le manier avec politesse :
— ne vous trémoussez pas à chaque fois que vous recevez un coup de fil : rangez votre téléphone sur une partie de votre corps moins chatouilleuse ;
— ne le posez pas sur une table juste pour le voir se déplacer à chaque appel reçu : c'est un truc qui fait rire quand on a 3 ans ;
— ne faites aucune allusion lubrique sur sa vibration (même s'il vous a fait découvrir des sensations nouvelles).

Le trouver facilement

Rien de plus agaçant que d'entendre son téléphone s'époumoner au fond de son sac pendant que l'on fouille frénétiquement dans son barda pour pouvoir mettre la main dessus. Premièrement : vous êtes ridicule. Deuxièmement : vous manquez l'appel.

Pour éviter d'avoir à renverser tout le contenu de votre besace au moindre « bip-bip », trouvez une place où ranger votre mobile où il sera accessible facilement.

À faire :

— Glisser son téléphone dans la poche spéciale qui équipe aujourd'hui la majorité des sacs féminins.

— Le garder à la main (surtout s'il est très joli, dans une housse siglée, etc.).

À éviter :

— Le porter à la taille (comme certains hommes qui y voient un attribut viril à exposer).

— Le porter autour du cou (à moins qu'il ne soit incrusté de diamants !).

« T ou ? Pass boir 1 kfé. Biz » ou l'art du texto

Le mini-message, SMS, ou texto fait également partie de notre arsenal de moyens de communication : pratique, discret, pas cher... on en use et en abuse, à tel point qu'il est souvent à l'origine des « explosions de forfaits ».

Comment écrire un texto ?

Il convient de bien comprendre le fonctionnement de son téléphone : écriture intuitive, aide à la rédaction... les fabricants nous facilitent la tâche. Pourtant, s'il vous faut 1 h pour écrire deux mots (vos doigts sont trop gros par rapport aux touches), vous aurez plus vite fait de téléphoner.

On a le droit d'inventer sa propre grammaire pour faciliter l'écriture. Veillez seulement à rester dans les limites du lisible : bientôt, il faudra être Champollion pour pouvoir communiquer par SMS.

Exemples :

— *jSpR ktu va bi1* (traduction : « J'espère que tu vas bien ») ;

— *koi29* (traduction : « Quoi de neuf ? ») ;

— *bjr G D6D 2 pa y alé* (traduction : « Bonjour, j'ai décidé de ne pas y aller »).

Quel comportement adopter ?

Le SMS laisse plus de libertés que l'appel téléphonique : vous n'êtes pas obligée de lire le message immédiatement, vous pouvez ne pas y répondre, il n'oblige pas à couper une conversation en cours, il ne fait pas de bruit.

Si l'on peut communiquer par texto dans des lieux qui réclament le silence, il est tout de même très grossier de le faire à table (surtout pendant un dîner galant) / pendant une cérémonie religieuse / pendant que le dentiste soigne votre pulpite.

Il est impoli de répondre à un texto alors que l'on est avec d'autres personnes : ne le faites que s'il s'agit d'une urgence ou alors excusez-vous et isolez-vous.

On devient rapidement accro : veillez à prendre un forfait spécial auprès de votre opérateur téléphonique si vous ne voulez pas avoir de factures archi-salées.

Mettez le clavier en position « silencieux » pour que le « bip-bip » des touches ne vrille pas les nerfs de vos voisins.

15 ASTUCES POUR COMMUNIQUER SANS SOUCI

1. Ne tutoyez pas d'office.

On vouvoie les gens que l'on connaît peu. Si les liens se resserrent, attendez de l'autre qu'il vous propose le tutoiement, notamment s'il est votre supérieur hiérarchique, s'il est plus âgé, etc.

2. Soyez adulte.

Au dos de vos lettres amicales, ne rédigez pas de formules du type *« Petit facteur, dépêche-toi, mon cœur n'attend pas »*, ne dessinez pas de petites fleurs et n'imprimez pas vos lèvres avec du *lipstick*. Vous avez passé l'âge.

3. Renouez avec les lettres.

Envoyer une lettre à un ami malade montre tout l'attachement que l'on a pour lui : il s'ennuie sûrement et il pourra lire et relire votre courrier pour se tenir compagnie.

4. Méfiez-vous des hommes qui dégainent leur carte de visite dès qu'on les rencontre.

Ils souffrent d'un besoin d'affirmation de soi un peu louche...

5. Soyez prudente.

Par La Poste, on n'envoie ni argent en espèces ni denrées périssables.

6. Rêvez...

Si vous avez gardé votre âme d'enfant, vous pouvez toujours écrire au Père Noël (adresse : « dans le ciel » ou « 1, rue des Joujoux, 75182 le Paradis »). Il vous répondra (toute une équipe de La Poste est mobilisée à cette fin, en décembre).

7. Faites bien attention en choisissant votre identifiant pour créer votre adresse e-mail personnelle.

L'idéal est de trouver quelque chose de facile à retenir et à donner à ses relations (prénom.nom@maboiteauxlettres.fr) ; mais si l'on s'appelle Sophie Martin, il est à parier que l'adresse n'est plus disponible depuis belle lurette.

Essayez alors de ne pas tomber dans le ridicule en choisissant sophielagirafe@maboiteauxlettres.fr ou sof120873@maboiteauxlettres.fr qui serait impossible à retenir.

8. N'envoyez pas de nouvelles graves par mail.

Certaines choses doivent se dire de vive voix.

9. Créez-vous plusieurs boîtes aux lettres électroniques personnelles.

Utilisez-les de façon différente : ayez une adresse privée que vous ne communiquerez qu'à vos amis, et une autre que vous laisserez sur tous les sites commerciaux (quand on s'abonne à une lettre d'information, on est ensuite inondé de mails publicitaires). Vous pouvez utiliser le même mot de passe pour chacune afin de ne pas trop vous compliquer la vie.

10. Ne laissez pas votre adresse email professionnelle sur un site cochon.

Votre boîte serait inondée de messages intitulés « *Enlarge your penis* » ou « *Buy some Viagra* » qu'il serait difficile de justifier auprès de la direction des ressources humaines.

11. Trouvez autre chose !

Aujourd'hui, il est quasi impossible d'utiliser l'argument de la mauvaise réception d'un portable pour couper une conversation ennuyeuse. Les réseaux se sont nettement améliorés et les endroits où l'on « ne capte pas » se font rares.

12. Rappelez.

Si votre conversation est coupée, inutile de répéter 10 fois « Allô ? » sur tous les tons, cela ne rétablira pas la ligne. Mieux vaut rappeler.

13. Ne soyez pas radine.

Vous êtes à l'étranger. Ne coupez pas la communication exprès en attendant que votre interlocuteur vous rappelle pour ne pas payer la note.

14. Souvenez-vous que les portables peuvent vous trahir.

Méfiez-vous de l'environnement sonore au moment où vous passez un appel (par exemple : une annonce de départ de train dans une gare alors que vous certifiez être chez le coiffeur).

15. Ne regardez pas discrètement les « appels reçus » et « appels émis » sur le mobile de votre chéri.

C'est aussi mesquin que de fouiller ses poches.

chapitre 7

Comment aimer

Mais oui ! Le coup de foudre existe, l'attraction irrésistible, le langage secret de deux moitiés d'orange qui se retrouvent, la flamme jaillissante d'une passion qui se dévoile... Bien sûr, la flèche de Cupidon peut vous repérer entre mille et vous transpercer le cœur, comme ça, sans efforts. En paresseuse invétérée, vous aimez bien cette idée de ne rien avoir à faire pour rencontrer le Big-Love. Pourtant, même si vous aviez la chance de ne pas connaître les affres de la quête-de-l'homme-de-votre-vie, il faudra bien vite vous rendre à l'évidence : le moment où l'on vit d'amour et d'eau fraîche en se laissant porter par l'allégresse ne dure pas bien longtemps. C'est pourquoi, même dans ce domaine très intime, même si vous voulez que l'on vous aime « comme vous êtes », il faudra veiller à votre image, arrondir les angles, prendre des gants, savoir ce qui se fait, ce qui ne se fait pas... afin de prolonger au maximum votre romance.

La vie amoureuse

Voilà bien un sujet pour lequel les manuels de savoir-vivre traditionnels ont peu de renseignements à fournir : en général, le chapitre sur l'amour se résume à une série de règles à respecter dans le cadre des fiançailles, du mariage et, si le livre est très audacieux, du divorce. Mais aujourd'hui, il semble difficile de réduire la vie amoureuse d'une femme à ses qualités de bonne épouse... C'est pourquoi nous envisagerons ici le cas d'une femme libérée, pour qui le sexe peut se pratiquer juste pour le plaisir qu'il procure (et non à des seules fins reproductives) et qui peut avoir beaucoup d'amants sans que cela nuise à sa réputation.

Comment se rencontrer

Que l'on cherche l'homme de sa vie, juste une histoire sympathique pour faire un bout de chemin ou que l'on ne cherche rien du tout (si l'on a bien retenu les leçons de sa maman : « Tu verras, ça te tombera dessus comme ça ! »), il est certaines règles à suivre pour savoir quelle attitude adopter quand l'Amour se présente.

Les rencontres non préméditées

Au coin de la rue, au boulot, dans une soirée...

À faire :

- Être toujours prête à faire une rencontre (être aimable, ouverte et sympathique avec les gens – peut-être que l'Élu se cache parmi ces clients du magasin).
- Se sentir sûre de soi à tous moments, au cas où l'Homme serait à la table voisine dans ce café (exemple : ne plus porter ce pull avec un trou de mite pour ne pas passer 1 h avec la main sur un sein dans l'espoir de le cacher).
- Sourire.

À ne pas faire :

- Être à l'affût, annoncer la couleur dès que vous adressez la parole à quelqu'un (exemples : demander au pompiste comment il vous trouve, donner son numéro de téléphone au premier venu, etc.).
- Demander au bout de 5 mn de conversation quel prénom serait choisi en cas de naissance d'un garçon.
- Voir l'homme idéal dans tous les hommes présents à cette soirée.

Les rencontres arrangées

Vos amis organisent un dîner et vous invitent ainsi qu'un de leurs copains célibataires, afin de voir si le miracle de l'amour ne pourrait pas avoir lieu sur leur canapé Ikéa. (La chose peut également être organisée par vos parents, désespérés par votre vie tumultueuse et essayant de vous caser avec le fils Dumont qui finit médecine : « un garçon TRÈS bien »).

Il faut :

- faire bonne figure : même si vous êtes mal à l'aise, faire la conversation, être sympa. Peut-être que ce garçon n'est pas si mal finalement. Ou peut-être a-t-il des amis intéressants qu'il pourrait vous présenter ?
- oublier l'objet du dîner, ne pas chercher à séduire, ne pas attendre d'être séduite ;
- à la fin du repas, préciser à vos amis quels sont vos critères de sélection, au cas où ils envisageraient de reproduire l'expérience : pas d'informaticien, pas de chauve, pas moins de 1,75 m.

Il ne faut pas :

- faire la tête parce que vous avez le sentiment d'être tombée dans un traquenard ;
- être désagréable avec l'inconnu en question : il n'y peut rien, lui ;
- en vouloir à vos amis (vos parents) : ils se font du souci pour vous et cherchent à vous aider.

Amours virtuelles

Les rencontres sur Internet sont totalement passées dans les mœurs, vous n'avez aucune raison de vous en priver. Il faut dire qu'elles vous conviennent parfaitement : sans bouger de chez vous (et même du fond de votre lit, c'est dire !), vous étudiez le profil de plus de garçons que vous ne pourriez jamais en rencontrer. Bien sûr, vous êtes consciente que ces échanges virtuels ne peuvent vous donner une impression réelle sur quelqu'un, mais ils sont d'excellents préparatifs à une éventuelle rencontre.

Il faut :

- donner une vraie photo de vous (pas une image de mannequin récupérée sur Internet) ;

- être sincère lors des échanges de messages : pas la peine de raconter que vous cherchez juste « à vous faire des amis » alors que vous comptez bien trouver fissa le père de vos futurs enfants, puisque votre horloge biologique a sonné depuis belle lurette ;
- être lucide sur la validité des infos données (puisque vous-même, vous avez légèrement triché sur votre âge, votre poids, vos défauts et vos qualités...).

Il ne faut pas :

- faire passer un interrogatoire de type policier sur les motivations d'une telle démarche, le sens de la vie, la conception de l'avenir... ça refroidit ;
- laisser le n° de téléphone de son domicile ;
- rester connectée des jours entiers et donner l'impression de ne faire que ça dans la journée.

La drague

Telle Diane chasseresse, vous vous sentez prête à appâter un beau mâle... Même si la « drague » est une activité traditionnellement réservée aux hommes, vous avez parfaitement le droit de mettre à l'épreuve vos talents de séduction. Attention ! cette pratique peut très facilement basculer dans le racolage ! Il faut donc garder en tête quelques principes essentiels pour rester dans les limites des convenances.

- Une femme peut très bien faire le premier pas. Le tout, c'est de rester dans la légèreté, la nuance, l'élégance. Tout peut se passer dans le regard (elles savent en jouer avec beaucoup plus d'habileté que les hommes) : un vrai plongeon dans les yeux de la proie peut suffire à faire passer le message.
- S'habiller sexy, certes, mais pas de manière à affoler les populations. Plus vous opterez pour le court, le transparent, le froufrouteux, le vaporeux, plus vous étalerez la marchandise. Or, il est prouvé que les hommes aiment aussi le mystère... il faut leur laisser quelque chose à imaginer et à découvrir.
- Certains peuvent être effrayés par les femmes trop entreprenantes : essayez de rapidement détecter la réaction de votre proie et d'adapter

votre comportement. Faites le premier pas, certes, mais ensuite donnez-lui l'impression qu'il mène la danse.

Le premier rendez-vous

Ah, quelle émotion lorsqu'on se prépare pour un premier rendez-vous... on est pleine d'espoir (« Peut-être est-ce M. Bingo ? »), d'angoisse (« Qu'est-ce qu'il va penser de moi ? »), de curiosité (« Pourquoi un homme si charmant est-il encore célibataire ? »). Toutes les conditions sont réunies pour que vous viviez un moment intense.

Les différents types de rendez-vous

Si la balle est dans votre camp et que vous sentez l'opportunité de fixer une première « date », choisissez la formule qui correspond le mieux à vos envies. De même, selon le type de rendez-vous que le chéri potentiel vous fixera, décodez ses intentions :

1. Prendre un café (dans la journée)

C'est une méthode très classique qui n'engage pas à grand-chose. On ne dévoile pas vraiment ses sentiments, on montre juste que l'on souhaite partager un petit moment ensemble. On peut mener une conversation badine, puisque le lieu ne favorise pas en général les discussions très intimes. Si les choses ne se passent pas bien (vous voyez tout de suite que ça ne va pas du tout coller entre vous), la fuite est très facile : regardez votre montre et prétextez que vous avez un rendez-vous qui ne tolère aucun retard.

2. Boire un verre (à la sortie du boulot, par exemple)

On s'engage un peu plus qu'avec le café puisque, normalement, on a plus de temps à consacrer à la personne (l'argument « J'ai un dîner » est plus difficile à utiliser pour s'éclipser).

Si vous êtes mal à l'aise, vous pouvez faire court en prétextant que vous êtes fatiguée, que vous mettez le réveil à 5 h pour prendre un avion le lendemain, ou que vous devez sortir le chien.

Si la situation est agréable, vous pouvez toujours commander un second verre et insinuer que vous avez faim en espérant que l'Homme saisira la perche pour vous inviter à dîner.

QUE BOIRE ?

C'est un choix très difficile puisqu'il faut trouver une boisson « convenable » sur de nombreux points :

- quelque chose d'élégant : en général, les boissons dites « masculines » (bière, pastis, alcools forts) sont à éviter ;
- quelque chose qui ne vous saoule pas tout de suite (vous seule connaissez votre résistance à l'alcool ; s'il peut désinhiber, rendre volubile, décoincer un peu, c'est très bien ; mais vous devez savoir ne pas dépasser l'état de bien-être maîtrisé : rien de pire qu'une femme un peu trop « pompette » qui rigole sans raison ou qui déballe les détails de ses ébats amoureux sans qu'on lui ait rien demandé).

Les solutions :

- Une coupe de champagne : c'est classe, peu calorique et cela ne monte pas trop vite à la tête.
- Un verre de bon vin : ça fait « fille épicurienne », qui s'y connaît en bonnes choses (abstenez-vous quand même de faire des remarques du genre « Il a de la cuisse » si vous ne savez pas faire la différence entre un grand cru classé et un Cubi).
- Une eau pétillante ou un soda *light* (vous allez passer pour une fille raisonnable ; tant pis si les autres pensent que vous êtes froide ; à vous de montrer que vous n'avez pas besoin d'alcool pour être détendue et spirituelle).
- Un cocktail exotique (en se méfiant de tout ce qui se boit facilement mais qui attaque directement les neurones).

3. Dîner

Voilà une invitation qui survient quand on se connaît mieux :

- On s'implique un peu plus puisque l'on est sûrs de passer au moins 2 h ensemble (à moins qu'il ne vous emmène au Flunch, et là, mieux vaut décliner tout de suite l'invitation).
- Il sera difficile de quitter la table sans une raison extrêmement valable.

- La conversation sera forcément assez intime (on n'est quand même pas là pour parler du cours du CAC 40 ou de la sexualité des fourmis en Patagonie).

Le bon comportement pendant un premier rendez-vous

— Trouver le compromis entre « être naturelle » et se maîtriser : avouons-le, lors d'un premier dîner avec un éventuel amoureux, on cherche à montrer la meilleure facette de sa personnalité. Inconsciemment, on a un maintien, des attitudes qui ne sont pas forcément celles de la vie quotidienne. Soyez ouverte, souriante, sensible, cela sera certainement convaincant.

— Regarder le monsieur dans les yeux : même si on s'ennuie à mourir, même si le serveur est très mignon, il faut s'efforcer d'avoir l'air intéressée, d'apprécier la nourriture, d'être ravie d'être là...

— Animer la conversation : s'il y a des blancs, trouver quelque chose à lui demander (la femme est en générale meilleure dans ce domaine), s'intéresser à un sujet qui puisse lui donner envie de parler.

— Éviter de commander un plat « dangereux » : ne rien prendre qui se gobe, se suce, s'avale tout rond, se mange avec les doigts, tache ou donne mauvaise haleine.

— Ne pas aller aux toilettes toutes les 5 mn : votre comportement serait suspect (cystite ?).

— Ne pas laisser son téléphone bien en évidence sur la table, pour pouvoir répondre au cas où une copine voudrait savoir comment se passe le dîner.

— Être claire dès le départ sur « qui règle l'addition » : il vous a invitée, il est normal qu'il paye la note. Sachez que cette pratique traditionnelle est encore parfaitement acceptable, même en ces temps où la parité gagne du terrain. Un homme se fait souvent un devoir d'offrir le dîner, il se sent rassuré sur sa virilité. Laissez-lui ce plaisir...

LE PETIT PLUS QUI FAIT LA DIFFÉRENCE

Accepter d'être invitée ne veut pas dire que vous êtes d'accord pour servir de dessert à la fin du repas. Si l'homme croit qu'il peut vous acheter avec un plat de penne *al arabiata*, trouvez-en un autre illico.

Si vous souhaitez partager, dites-le dès le départ : rien de pire que ces chamailleries de fin de repas où chacun essaye de dégainer son portefeuille plus vite que l'autre. Si vous souhaitez l'inviter, prévenez-le bien à l'avance : il ne doit pas être pris au dépourvu devant le serveur alors que vous sortez votre carte dorée ; il doit se composer une attitude, sortir une phrase comme « J'adoooore me faire entretenir ! » pour montrer qu'il prend la situation avec humour... Faites-lui encore ce plaisir.

Fuyez si vous constatez que, pendant un premier rendez-vous :

— il ne s'intéresse pas à vous, ne vous demande rien sur votre vie personnelle ;

— il ne quitte pas des yeux la serveuse et son décolleté opulent ;

— il commente les prix du menu et trouve que l'on peut trouver bien mieux pour moins cher ;

— il mange comme un goret ;

— il répond au téléphone et discute pendant 1/4 d'heure ;

— il lève les yeux au ciel quand vous commandez du foie gras ;

— il écoute les conversations de la table voisine ;

— il vous fait le coup du « J'ai oublié mon portefeuille ».

10 sujet de conversation à éviter lors d'un premier rendez-vous

1. Le fait que votre frère a défoncé la voiture de votre ex infidèle.

2. Combien vos parents paient en impôts sur la fortune.

3. Comment votre ex vous a fait faux bond devant l'autel.

4. Combien votre maman a envie d'être grand-mère.

5. Combien votre papa tient à ce que vous épousiez un comptable (si l'homme est comptable).

6. Combien de séances d'analyses il vous a fallu pour vous sortir de votre rupture précédente.

7. Le procès que vous avez fait pour harcèlement moral à votre ex-belle-mère.

8. Votre dernière MST.

9. Ce que vous a prédit votre voyante.

10. Tout ce que la même voyante a dit de lui.

SITUATIONS DE CRISE : « JE N'AI PAS DU TOUT, MAIS PAS DU TOUT ENVIE DE VOIR CE TYPE ! »

Vous voulez bien être sympa et rencontrer le cousin de Sophie, mais voilà, vous et les passionnés de motos, ça fait deux (vous savez très bien que vous ne pourrez jamais rivaliser avec le sex-appeal de sa machine toute chromée). Et puis, il ne vous plaît pas du tout. Comment faire pour ne pas vexer ce charmant jeune homme qui vous regarde pourtant avec des yeux implorants (derrière son casque fumé) ?

Vous avez le droit de refuser une invitation, mais mieux vaut mentir sur les raisons :

1. Si vous ne le connaissez pas bien, dites-lui que vous êtes secrètement amoureuse... d'un autre.
2. S'il sait que vous êtes seule, dites : « Je suis très occupée en ce moment » (en général, si l'on a vraiment envie de voir quelqu'un, on se débrouille pour dégager du temps, même si l'on est surbookée).
3. Ne donnez pas votre n° de téléphone mais prenez le sien : n'appelez pas.
4. S'il insiste vraiment et que vous ne pouvez plus refuser, mettez tout de suite les choses au clair : « On se voit comme des amis. » Ça refroidit. (S'il insiste encore, vous pourrez peut-être le regarder d'un œil plus sympathique : il est vraiment accro !)

La relation amoureuse ou quand on passe aux choses sérieuses

Souvent, un premier rendez-vous marque le début d'une longue série. Au dîner inaugural succèdent une séance de cinéma, un autre dîner, une nuit en boîte... autant d'étapes qui ne font que renforcer vos liens avant le moment fatidique : la première nuit. Celle-ci donnera le départ de ce que l'on peut véritablement appeler une « relation ».

Les différents scénarii après un premier rendez-vous

1. Vous aimeriez une seconde chance

Vous n'étiez pas dans un bon jour, vous avez mangé trop de sushis et passé le reste de la soirée la tête dans les toilettes, vous avez bu un verre de trop et raconté vos souvenirs d'enfance (qui ne font rire que vous et votre cousine Caroline), vous avez fait une grosse bourde... enfin, vous avez de quoi ravaler votre fierté.

Comportement à adopter : ce qui est fait est fait. Votre espoir est de croire que ce charmant garçon avec qui vous avez passé la soirée ne s'arrêtera pas à ces premières considérations. Rappelez-le et soyez franche : expliquez que votre attitude n'était pas habituelle, donnez brièvement une raison et moquez-vous un peu de vous. Espérez qu'il vous contredira : « Mais non, tu n'étais pas du tout ridicule ! » ou « J'espère vraiment que ton estomac se porte mieux ». S'il n'a pas de mots de réconfort, rayez-le de votre agenda. S'il vous fixe un autre rendez-vous, c'est qu'il vaut la peine d'être revu.

2. Vous attendez devant votre téléphone

Vous avez passé un moment merveilleux avec lui. Lui aussi apparemment (en vous quittant, il vous a susurré qu'il allait compter les secondes en attendant de vous revoir). Pourtant, il semble savoir compter jusqu'à 345 600 puisque voilà 4 jours que votre téléphone reste muet. Se pose alors à vous un cruel dilemme : « Je le rappelle ? J'attends encore ??? »

Comportement à adopter : disons que, pour l'Homme, dire « Je t'appelle » est une sorte de réflexe (il pense que la balle est dans son camp, ce grand macho) : cela ne garantit en rien qu'il le fera. Dire qu'ils veulent que la femme rappelle elle-même est incertain (ils n'aiment pas non plus se sentir pris au piège...). Donc, dans ce jeu du chat et de la souris, la meilleure des solutions serait de se fixer un deuxième rendez-vous dès la fin du premier (quitte à annuler plus tard).

Essayez de résister à votre envie de savoir « ce qu'il pense de votre relation » en décrochant votre téléphone dès le lendemain. Laissez passer quelques jours. Si, dans ce délai, il ne s'est toujours pas manifesté, envoyez-lui plutôt un e-mail : ce moyen de communication assez impersonnel vous permettra de faire passer votre message (*« J'ai été ravie de dîner avec toi, j'aimerais savoir quand est-ce que l'on recommence »*) sans que l'on puisse sentir l'angoisse, l'impatience qu'il pourrait y avoir dans votre voix. Le mail a l'avantage de pouvoir être lu par une copine avant d'être envoyé (elle pourra vous donner son avis sur le ton employé). Une fois le message transmis, essayez de reprendre une vie normale, sans rester scotchée devant votre écran dans l'attente d'une réponse ou le portable vissé dans la main, sursautant à chaque appel.

3. Il vous appelle : maîtrisez vos émotions

Bien sûr, vous avez passé un très bon moment avec lui et, quand il vous appelle pour prendre de vos nouvelles dès le lendemain, vous exultez.

Comportement à adopter : ne vous emballez pas ! Sachez être prudente : comment pouvez-vous être sûre qu'il est l'homme qu'il vous faut ? comment affirmer, sans le connaître vraiment, qu'il va vous rendre heureuse ? Montrez-lui qu'il ne vous laisse pas indifférente mais ne lui donnez pas l'impression que c'est déjà du tout cuit. Menez une vie normale, gardez des relations sociales (il y a d'autres hommes dans l'univers).

Le moment décisif : LA première nuit

C'est pour quand ? Tout dépend des histoires... Pour certaines, une passion d'une nuit peut déboucher sur un grand amour, d'autres feront le grand saut au bout de quelques rendez-vous, d'autres encore qui se connaissent déjà depuis des années passeront une nuit ensemble comme s'ils venaient de se rencontrer, etc.

Si les convenances veulent que l'on réfrène ses instincts quelque temps... vous êtes une grande fille : faites ce qui est le mieux pour vous.

LA QUESTION DU DERNIER VERRE

Voilà une sorte de mot de passe, une formule magique qui, implicitement, veut tout dire : « Tu montes prendre un dernier verre ? » est le sésame qui permet d'ouvrir la porte de votre chambre. Attention ! en prononçant ces mots, vous donnez le feu vert à toutes les ardeurs : il est très mal venu de lancer cette invitation alors que l'on n'a pas du tout l'intention d'aller plus loin.

QUESTION MÉTAPHYSIQUE : COUCHER LE PREMIER SOIR FAIT-IL DE VOUS UNE FILLE DE MAUVAISE VIE ?

Vous sentez tout le poids des préjugés ? Soyons honnête : aujourd'hui, rien ne vous empêche de passer la nuit avec un inconnu. Le lendemain, personne ne vous montrera du doigt et vous n'aurez pas besoin de raser les murs.

Ce qu'en pensent les hommes ? Tout dépend de votre comportement. Bien entendu, si vous montrez de l'émotion, si entre vous c'est du genre « Je-ne-peux-pas-résister-à-l'appel-de-ton-corps-je-crois-qu'il-se-passe-quelque-chose-de-fort », si vous êtes sincèrement émue par votre rencontre, le monsieur sera tellement valorisé qu'il ne lui viendra même pas à l'idée de penser que vous cédez facilement. Si vous êtes claire dans votre recherche (« Ce soir, il faut que mon corps exulte »), il ne pourra pas vous reprocher d'être honnête...Quelle que soit votre situation, le tout est d'être sincère.

La seule chose qui peut poser problème, c'est votre mauvaise conscience du lendemain matin : votre jugement sur votre partenaire sera peut-être altéré, du fait d'avoir franchi les étapes trop vite. Vous vous sentirez peut-être coupable et cher-

cherez à vous racheter en voulant coûte que coûte faire de cette histoire une histoire d'amour. Or, rien ne fait plus fuir un homme non amoureux qu'une femme pot de colle...
Dernier argument : en plongeant tout de suite dans l'intimité, vous risquez de gâcher le plaisir de l'attente, de l'impatience qui monte, du jeu amoureux qui ne se retrouve plus après.

Comment être une chienne lubrique bien élevée

La grande question du « chez toi ou chez moi » se pose souvent : l'homme doit avoir la courtoisie de vous laisser choisir l'endroit où vous serez le plus à l'aise. En général, c'est chez elle qu'une femme se sent plus en confiance. De plus, elle a des raisons pratiques de vouloir s'ébattre à domicile : si l'homme n'a pas besoin de beaucoup de matériel pour dormir, la femme doit transporter tout son baluchon pour découcher (malgré l'invention géniale des lingettes démaquillantes).

1. Vous aviez prévu la chose

L'appartement est propre et rangé, vous avez changé les draps.

Vous portez de jolis dessous.

Vous avez tout ce qu'il vous faut à portée de main : préservatifs, coupe de champagne, huile de massage aphrodisiaque...

Pensez à lui proposer quelque chose à boire, avant et après.

2. La passion vous est tombée dessus sans prévenir

Ne dites pas : « Attends-moi 5 mn sur le palier » pour aller déblayer le lit sur lequel trônent tous les vêtements que vous avez essayés avant de sortir.

Faites-le entrer, proposez-lui un verre et demandez-lui de vous excuser pour aller dans la chambre tirer les draps du lit et changer de dessous si besoin est.

LE PETIT PLUS QUI FAIT LA DIFFÉRENCE

Si elle lui est indispensable, soyez sympa et laissez-lui fumer sa cigarette postcoïtale au lit (prévoyez des bougies antitabac : en plus, leur lumière est si romantique...).

Si vous ne passez pas la fin de la nuit ensemble :

Vous souhaitez rentrer chez vous après avoir mélangé vos corps ; sachez qu'après un tel degré d'intimité, un minimum de courtoisie est exigée. Donnez une explication valable pour justifier votre départ :

« Je ne peux pas rester, je dois sortir le chien / j'ai un rendez vous très tôt demain matin / je dois prendre des médicaments à heure fixe (moins glamour). »

Si c'est l'homme qui doit partir au milieu de la nuit et qu'il s'en excuse, ne lui en voulez pas. Celui qui part sans dire un mot est un goujat.

Si vous voulez mettre fin à la situation tout de suite :

Vous saviez à quoi vous attendre avec un amour d'une nuit. Vous avez eu ce que vous vouliez, restez polie. Dites : « Je ne suis pas prête à avoir une histoire en ce moment » plutôt que « Passer la nuit avec toi m'a bien soulagée ». C'est la moindre des choses.

Vous êtes ensemble le lendemain matin :

Quel que soit le niveau orgasmique atteint pendant la nuit, proposez-lui un petit déjeuner. Un jus d'orange et un café ne vous demanderont pas beaucoup d'efforts.

Si vous sentez que vous commencez une histoire importante, vous pourrez descendre à la boulangerie du coin pour acheter des croissants et du pain frais (à moins qu'il ne l'ait fait avant vous).

PETIT COURS DE RATTRAPAGE À L'USAGE DES LECTEURS DE SEXE MASCULIN

Ces règles sont toujours appréciées, même si elles ne sont plus obligatoires : les femmes réclament tellement l'égalité que les hommes choisissent souvent la facilité

(ils leur laissent porter elles-mêmes leurs valises)... Pourtant, ces marques de respect, d'attention et de courtoisie font souvent la différence. Pour être agréable, l'homme :

1. ouvre et tient la porte : la femme ne doit pas la recevoir en pleine figure ; il est même censé dire « Après vous/toi » en s'effaçant pour la laisser passer. Dans le cas d'une porte-tambour, c'est l'homme qui précède puisque c'est à lui de pousser. Attention à ne pas pousser trop fort : la dame serait obligée de courir pour ne pas rester bloquée. Dans un restaurant, c'est l'homme qui entre en premier ;
2. laisse sa place dans le bus quand une femme n'en trouve pas (d'autant plus si elle est enceinte ou âgée) ;
3. aide la femme à porter son sac de voyage trop lourd, à le placer en hauteur dans le train ;
4. aide Madame à enfiler son manteau (d'ailleurs, c'est lui qui va le chercher au vestiaire) ;
5. la laisse marcher sur le trottoir et « tenir le haut du pavé » pour qu'elle ne soit pas éclaboussée ;
6. s'efface pour la laisser passer en la croisant dans l'escalier ; il la précède en descendant afin de la protéger en cas de chute ; il la précède encore en montant pour ne pas avoir de regards déplacés ;
7. attend qu'elle soit rentrée dans son immeuble pour s'assurer qu'elle est en sécurité ;
8. lui ouvre la portière de la voiture, attend qu'elle soit assise et referme doucement derrière elle ;
9. ramasse un objet qu'elle a fait tomber ;
10. se lève quand une femme entre dans la pièce (quasi miraculeux de nos jours).

La vie de couple

Attention ! vous ne trouverez pas ici les « secrets du bonheur partagé » ou le « manuel de survie à deux », ou encore une étude psychologique sur la difficulté de réussir son mariage. Non, non, non. Juste le rappel de quelques principes fondamentaux qui reposent sur le savoir-vivre à l'intérieur du couple, les petits efforts à faire pour aplanir les difficultés, les attentions qui permettent d'adoucir les relations, les plaies dans lesquelles il ne faut pas enfoncer les couteaux, etc.

Eh oui, ma belle, même dans l'intimité de votre foyer, vous allez encore devoir prendre sur vous, ne pas trop vous laisser aller, maintenir la vigilance... et – disons-le – ce n'est pas de tout repos.

Au quotidien : vivre ensemble

Disons tout de suite que le savoir-vivre dans le couple repose sur une pierre angulaire : le respect. Normalement, cela ne devrait pas demander d'efforts particuliers... c'est une chose qui doit être naturelle !

Respecter tout court

Il y a tellement à faire pour entretenir la flamme qu'on en vient parfois à oublier le minimum vital : dire « S'il te plaît » et « Merci », ranger ses affaires, baisser la lunette de la cuvette, ne pas inonder la salle de bains, remettre du papier aux toilettes, demander à l'autre avant de zapper sur une autre chaîne, prévenir si l'on est en retard... tout ce que l'on s'efforce de faire avec les autres et que l'on a tendance à oublier quand on est chez soi.

CAS PRATIQUE

Voilà 1 000 fois que vous lui demandez de ne pas laisser traîner ses chaussettes dans le salon : il le fait exprès ou quoi ?
Au lieu de le lui répéter pour la 1 001e fois, essayez de lui expliquer que ce n'est pas tant le fait de ramasser ses affaires qui vous pose problème mais le fait qu'en ne les rangeant pas, il vous manque de respect. Sous cet angle, la demande aura sans doute plus d'impact !

Respecter la personnalité de l'autre

Bien entendu, vous êtes différents (encore heureux), c'est même cela qui fait votre richesse. Il faut faire son deuil de l'idée du couple-fusion, où les deux personnes veulent les mêmes choses au même moment, où l'on se comprend à mi-mot, où les désirs sont partagés. Mieux vaut cesser d'attendre l'impossible (le faire changer), et accepter l'autre tel qu'il est.

CAS PRATIQUE

Vous lui parlez de vos problèmes de boulot, des petites histoires de jalousie qui secouent le service, vous revenez encore une fois sur cette fouine de Sophie qui court-circuite vos plans... Il vous écoute vaguement et, quand vous lui demandez conseil, la seule chose qu'il vous dit, c'est : « Tu t'en fous de Sophie. Fais ton boulot et n'y pense pas ! » Des conseils comme ça, il peut les garder !
N'avez-vous pas encore compris que les hommes et les femmes ont des façons de communiquer, de ressentir, d'agir, de penser et d'aimer complètement différentes ? Vous, vous cherchez seulement à vous confier ; lui, il essaye de trouver des solutions. Vous, vous pouvez parler, faire du repassage et lire un livre en même temps ; lui, il ne sait faire qu'une chose à la fois... Ne cherchez pas à le changer, ce serait peine perdue. Prenez conscience de vos différences, acceptez-les et apprenez à vivre avec.

Respecter l'espace vital

Que cela soit au sens pratique du mot (ne pas envahir son étagère) ou au sens figuré (le laisser aller à son entraînement de rugby), ne tentez pas d'imposer à l'autre votre mode de vie ou votre présence. Avoir chacun une vie personnelle indépendante est une « respiration » qui permet au couple de ne pas s'asphyxier.

CAS PRATIQUE

Il aime passer du temps sur son ordinateur ?
Même si cela vous agace prodigieusement, vous n'avez pas le droit de le lui interdire. En revanche, rien ne vous empêche de vous mettre d'accord sur les limites à ne pas dépasser : vous avez aussi besoin de vous retrouver à deux ; alors, 1 h de surf sans être dérangé, O.K. !, plus, c'est *niet* !

Ne pas se laisser aller

Au fil du temps, on est moins sur ses gardes, on cherche moins à séduire... et on préfère enfiler un bon pyjama en pilou plutôt qu'une nuisette sexy. Il est évident que, sur la durée, on ait envie de se relâcher un peu, mais il faut rester dans certaines limites pour ne pas laisser s'éteindre la flamme.

CAS PRATIQUE

Le masque au concombre, oui, mais quand il n'est pas là.

Ne pas décider tout(e) seul(e)

Lorsqu'une décision importante doit être prise, mieux vaut qu'elle soit le fruit d'une concertation, d'une réflexion et d'un dialogue communs pour qu'elle puisse satisfaire les deux parties. Chacun se sent ainsi considéré, sur un pied d'égalité...

CAS PRATIQUE

Vous projetez de partir en vacances... ensemble, vous feuilletez les brochures des voyagistes, vous parlez de cocotiers et de plages infinies. Quelle surprise et quelle rage quand il rentre du boulot en brandissant deux billets achetés aux enchères pour un trekking dans le Sahara (une affaire en or qu'il ne pouvait pas laisser passer) ! Vous vouliez du sable, vous allez être servie !

Rappelez-lui que vivre à deux, c'est faire des concessions, ranger son égoïsme au placard et trouver un compromis entre ses désirs et ceux de l'autre.

Garder du temps pour le couple

Les enfants, le boulot, les factures... tout cela vous mine et se répercute sur votre vie amoureuse. Bien sûr, la vie n'épargne personne et vous êtes en droit de vouloir fermer les écoutilles quand la pression est trop forte. Pourtant, se garder du temps où l'on n'évoque ni le conseil de classe de l'aîné, ni la courroie de distribution à changer, ni votre belle-mère qui vient encore déjeuner dimanche est indispensable : écouter son/sa partenaire, être attentif(ive) à son état d'esprit, à son bien-être donne à chacun l'impression d'exister et d'être considéré(e). Et ça, ça fait du bien.

CAS PRATIQUE

Une fois que les enfants sont couchés, quand la télé n'est pas encore allumée, pourquoi ne pas consacrer un moment à se raconter mutuellement sa journée, à parler de soi ?

Savoir dialoguer

La communication est un des piliers de la réussite du couple : exprimer clairement ses idées, ses opinions et ses souhaits permet d'éviter les malentendus et les rancœurs. Écouter ce que l'autre a à dire, en tenir compte, c'est le respecter, et par là prendre soin de votre relation.

CAS PRATIQUE

Vous rêvez qu'il vous offre cette bague.
Tous les samedis, vous le faites passer devant la vitrine du bijoutier... et le jour de votre anniversaire, il vous tend un joli paquet venant dudit bijoutier mais contenant... un bracelet !
On ne peut pas lui demander de deviner vos désirs (rappelez-vous qu'ils n'ont pas notre fameuse intuition). Quel que soit le domaine, exprimez-vous clairement, il cherchera sûrement à vous faire plaisir.

Conserver les petites attentions

Pas forcément un bouquet de fleurs ou un cadeau (même si cela ne se refuse pas), mais un coup de téléphone juste pour le plaisir de s'entendre, un petit mot laissé sur l'oreiller avant qu'elle ne se lève, des croissants chauds, son plat préféré qui mijote quand il rentre... Il existe des tas de petits détails, de petits gestes gratuits qui montrent que l'autre est important dans sa vie.

CAS PRATIQUE

Liste non exhaustive : s'occuper de sa moitié quand elle est malade, accepter nos pieds gelés sur ses jambes dans le lit, lui laver le dos dans son bain, lui apporter un thé sans qu'elle l'ait demandé, préparer du boudin aux pommes même si l'on déteste ça, etc.

LES PETITS NOMS

Quand vous êtes entre vous, vous aimez bien vous donner des petits noms tendres, affectueux ou amusants (tous les animaux de la création y passent : « ma caille, ma cocotte, ma biche, mon lapin » ; puis toute une déclinaison d'onomatopées : « doudou, titi, loulou » ; ou encore des noms qui expriment toute la valeur qu'il a pour vous : « mon trésor, mon ange, ma merveille » ; etc.). Vous en avez parfaitement le droit.

Le souci est que, à force de les utiliser, vous risquez de les laisser échapper en public, et là c'est moins réjouissant (surtout quand vous avez appelé votre Homme « mon roudoudou » devant le banquier). Utilisez-les entre vous, mais en société restez dans la neutralité avec « chéri » ou « mon amour ».

À éviter :

Même si vous l'appelez « Papa » devant les enfants, limitez cet usage à la stricte intimité familiale. Rien de tel pour filer un bon coup de vieux à votre couple.

Maîtriser la jalousie : ne pas se comporter comme une hyène

Vous êtes d'une jalousie maladive, vous en souffrez et vous savez que votre partenaire a du mal à le supporter... Pourtant, il ne vit pas dans une bulle et, séduisant comme il est, il vous donne de nombreuses occasions de vous sentir en concurrence...

Si votre comportement est vraiment problématique, soignez-vous. Sinon, essayez d'adopter une attitude convenable...

... face à une ex

Si vous rencontrez son ex-femme ou sa dernière petite amie, soyez polie. Bien sûr, vous gardez en tête qu'elle a compté dans sa vie, qu'il l'a aimée (peut-être même qu'il lui a fait des enfants), qu'elle l'a fait souffrir... ce n'est pas pour ça que vous devez être désagréable avec elle. Personne ne vous dit de faire amie-amie, mais une certaine courtoisie est indispensable (notamment si vous vous occupez de ses enfants en garde alternée...). Si vous êtes celle pour qui l'Homme a quitté cette femme, soyez très neutre également (ni mépris, ni fierté).

LE PETIT PLUS QUI FAIT LA DIFFÉRENCE

Si vous la rencontrez alors que vous êtes ensemble, pas la peine de vous coller à votre compagnon pour montrer que maintenant « il est à vous » ! Elle se doute bien qu'il a refait sa vie... Montrez-vous sûre de vous, affrontez son regard, mais ne soyez pas arrogante.

... face à sa nouvelle chérie

C'est vous l'ex qui avez été larguée... Si vous les rencontrez, pas la peine de fondre en larmes, de faire des remarques désagréables ou de lui rappeler qu'il doit payer la pension le 15 du mois. Soyez mature : ce problème doit se régler entre vous et votre ex, pas devant témoin. Soyez polie (dites bonjour, demandez des nouvelles, ne faites pas semblant de ne pas la voir) et limitez la conversation au strict minimum.

... face à une allumeuse

Vous les connaissez, ces filles sans foi ni loi qui prennent un malin plaisir à draguer des hommes mariés / pacsés / pris par le goût du danger...

À éviter – dans une soirée, par exemple :

- Planter vos ongles dans son avant-bras (celui de votre chéri).

- Passer la soirée à les épier (et négliger tous les autres invités).
- Écraser le pied de votre rivale avec votre talon aiguille.
- Renverser votre verre dans son décolleté.

Restez maîtresse de la situation, sûre de vous : votre self-control sera votre meilleure arme.

LE PETIT PLUS QUI FAIT LA DIFFÉRENCE

Si l'Homme a l'air très réceptif aux phéromones des autres femelles, une fois rentrés chez vous, soyez très claire avec lui et demandez-lui d'aller butiner ailleurs.

Comment se disputer avec élégance

Une bonne engueulade de temps en temps, ça remet les choses en place, ça défoule, et surtout ça permet de se réconcilier.

Quelle que soit l'origine de la dispute, il est quelques règles à respecter pour que l'événement se passe dans les limites des convenances :

1. Ne pas tourner autour du pot : laisser éclater l'orage rapidement pour éviter toute rancœur. Ce n'est pas la peine de prendre sur soi pendant des jours : ruminer un problème ne fait que détériorer l'ambiance. Mieux vaut annoncer la couleur tout de suite, poliment (« Je crois qu'il faut qu'on se parle »), plutôt que de laisser pourrir la situation (en lançant des piques jusqu'à ce que la crise éclate).
2. Mesurez vos propos (enfin, essayez). Au cours d'une dispute, les mots dépassent souvent la pensée : on ne dit pas « Je veux divorcer » au bout de 5 mn d'engueulade au sujet d'un retard. Cela ne sert qu'à blesser, pas à communiquer. Exposez vos griefs clairement, sans faire de sous-entendus sur des problèmes plus profonds. Si vous souffrez de graves divergences, essayez d'en parler calmement, pas au plus fort de la crise.
3. Pas de violence : ne hurlez pas, n'insultez pas, ne jetez pas d'objets, ne balancez pas ses affaires par la fenêtre, et évidemment ne vous frappez pas.

4. Ne boudez pas : c'est une attitude puérile.
5. Veillez au lieu où éclate la crise : de préférence chez vous, à l'abri des oreilles des enfants et des voisins. Pas au milieu de la file d'attente du supermarché. Pas au bureau, par téléphone. Pas au restaurant, ni chez vos beaux-parents, ni chez les amis chez qui vous passez le week-end...

Se quitter, divorcer

Difficile de parler de savoir-vivre dans ces circonstances... Pourtant, on peut essayer d'être élégante dans sa manière de mettre fin à une relation.

Si votre idylle a été courte

Sachez vous justifier : on ne part pas comme ça, sans donner de raison, en laissant un petit mot sur l'oreiller : *« Je crois que ça ne va pas coller. »*

Sans vous lancer dans des explications approfondies, ayez le courage de dire les choses avec une formule diplomatique comme : « En ce moment, je ne suis pas prête » ou « Trop de choses nous séparent ». Tournez la page ; ne dites pas : « On peut rester amis. » C'est toujours très difficile et, surtout, ça montre que vous culpabilisez beaucoup.

Si la romance a été plus longue

La rupture se fera moins facilement. Il faudra sans doute multiplier les explications, argumenter... Essayez d'être claire dans vos propos : mieux vaut dire que vous ne l'aimez plus si c'est le cas, plutôt que d'invoquer de faux prétextes. Une fois la nouvelle encaissée, il pourra plus facilement faire le deuil de votre histoire.

LE PETIT PLUS QUI FAIT LA DIFFÉRENCE

Une fois que vous avez rompu, ce n'est pas la peine d'appeler tous les jours pour prendre des nouvelles (même si c'est très gentil ça !). Mieux vaut ne pas tourner le

couteau dans la plaie. Attendez quelques semaines pour reprendre le contact et ne le faites qu'en cas de nécessité.

On peut rater son mariage, mais mieux vaut réussir son divorce. Même en cette situation difficile, le savoir-vivre prend ses marques. Respectez les règles d'or du divorce « poli » :

- Dans la mesure du possible, essayez de faire les choses « à l'amiable » (vous allez déjà partager le nombre d'assiettes de Limoges, pas la peine de casser le peu qui vous reste...).
- Protégez les enfants : leur épargner les disputes, ne pas les placer au centre des conflits, ne pas les prendre à témoin, trouver la meilleure solution pour eux...
- Gardez la tête froide : connu pour être une des causes les plus importantes du stress, le divorce génère le plus souvent douleur, tristesse, colère, angoisse du lendemain... Ne pas se laisser envahir par ses émotions, c'est rester lucide et ne pas prendre de mauvaises décisions.
- Sur les conseils d'un avocat, trouvez des arrangements temporaires : les démarches sont souvent très longues. Il faut continuer à vivre en attendant.
- Fixez les règles du jeu pour la suite : pension alimentaire, garde alternée, partage des biens communs... Mieux vaut s'entendre dès le départ pour éviter les conflits à venir.
- Rebondissez, tournez la page... Aujourd'hui, divorcer n'est plus une honte. Vous ne serez pas montrée du doigt. L'essentiel est de ne pas vous gâcher la vie ni de pourrir celle de votre ex.
- Si vous êtes folle de joie d'être enfin libérée, pas la peine de dévoyer toutes vos copines et de les inviter à suivre votre exemple.

15 ASTUCES POUR AIMER ET ÊTRE AIMÉE DANS LES RÈGLES DE L'ART

1. Soyez mystérieuse.

Ne racontez pas tout votre passé sexuel à un homme que vous venez juste de rencontrer.

2. En cas de « panne » du côté de votre amant, ne riez pas, ne faites pas la tête.

Ne dites pas : « Je m'y attendais. » Au contraire, soyez rassurante, susurrez-lui : « On se rattrapera la prochaine fois » et donnez beaucoup d'affection.

3. Restez glamour.

Lors de la première nuit, attendez que l'Homme dorme pour aller retirer vos lentilles ou vous démaquiller.

4. Maîtrisez-vous en public.

Même si vous vivez une passion dévorante, sachez maîtriser vos ardeurs en public : les autres n'ont pas forcément envie de participer à vos ébats. Si vous ne pouvez pas résister à l'appel de vos corps, isolez-vous, rentrez chez vous mais n'imposez pas vos assauts d'animaux en rut à vos amis.

5. Ne transportez pas toujours sur vous un « kit de survie pour nuit passionnée ».

Culotte de rechange, brosse à dents, préservatifs, pilule..., ça pourrait lui faire peur.

6. Ne fouillez pas.

Fouiller dans les poches, c'est mal.

7. Limitez les acrobaties.

Si vous testez la « brouette tonkinoise » ou « le marteau-piqueur » pendant la nuit, assurez-vous que votre kiné pourra vous recevoir le lendemain matin.

8. Si vous avez l'orgasme bruyant, essayez de ménager les oreilles de vos voisins.

À moins de vivre dans une maison isolée, maîtrisez-vous pour ne pas réveiller tout l'immeuble (vous éviterez aussi le regard haineux de Mme Michu le lendemain matin... et le regard envieux de son mari).

9. Ne demandez pas trop souvent : « Tu m'aimes ? »

S'il vous aime, il vous le dira sans que vous soyez obligée de quémander. À force de l'interroger, vous allez le faire vraiment réfléchir à la question, et ça, c'est pas toujours bon.

10. N'imposez pas votre famille ou vos amis à votre partenaire.

S'ils sont envahissants, bizarres ou même sympa, ils se doivent de respecter votre sphère privée.

11. Conservez le mystère.

Ce n'est pas parce que vous vivez ensemble depuis 10 ans que vous avez le droit de vous raser les jambes ou de vous presser des points noirs devant lui et de ne plus fermer la porte des toilettes.

12. Évitez les scènes en public.

Pour faire une scène, évitez les restaurants bondés, les ascenseurs confinés ou les queues de supermarché.

13. Assumez.

Il vous largue. Ne dites pas : « C'est parce que je suis trop grosse ? », « Donne-moi une seconde chance », « Je vais faire des efforts », « Qui c'est, cette blonde ? ».

14. Soyez fair play.

Il souhaite récupérer ses affaires après votre rupture : mettez tout ce qu'il a pu laisser chez vous dans un carton (propre), sans rouler ses vêtements en boule ou jeter ses CD sans leur boîte. Ne volez pas son after-shave sous prétexte de vouloir garder son odeur (vous n'avez qu'à imbiber un tee-shirt). Les cadeaux ne se rendent pas (sauf les bijoux de famille).

15. Il vous quitte, ne vous vengez pas.

Ne lacérez pas ses caleçons, ne répandez pas de rumeur sur la taille de son sexe, n'effacez pas la mémoire de son Palm Pilot, ne piquez pas d'aiguilles une poupée Ken à son effigie.

chapitre 8

Comment se divertir

Vous aimeriez bien faire relâche de temps en temps, ne pas avoir à vous contrôler, à surveiller votre langage, à être attentive aux autres, à avoir de l'aisance et du maintien... Vous pensez que, pour cela, il n'existe rien de mieux que les moments où l'on se détend, où l'on s'amuse, en vacances, en week-end, hors du cadre métro-boulot-dodo. Mais vous rêvez ! Même lorsque vous êtes censée vous relaxer, oublier la pression, évacuer le stress, il vous faut ENCORE suivre des règles pour être convenable, élégante et civilisée. Ça ne s'arrêtera donc jamais ???

Au restaurant

Que cela soit à la brasserie du coin ou dans un 3 étoiles au *Guide Michelin*, aller au restaurant demande de suivre quelques principes pour donner de soi l'image d'une PPF (parfaite-petite-femme) :

La réservation

Parfois, la table est tellement courue qu'il faut attendre des semaines avant de pouvoir s'y asseoir ; ailleurs, on peut être servi à toute heure... Dans tous les cas, mieux vaut réserver pour éviter toute déconvenue (et ne pas être obligé de finir au fast-food).

- Si vous réservez pour un groupe, annoncez le bon nombre de personnes : on peut toujours rajouter 1 couvert, pas 4. De même, si plusieurs personnes se décommandent, prévenez le restaurant à l'avance.
- S'il s'agit d'une occasion spéciale, mentionnez-le.
- Même si l'endroit est très célèbre, très snob, très branché, très tout ce que vous voulez, ne vous laissez pas intimider.

- Précisez « zone fumeurs » ou non.
- Si l'on vous dit qu'il n'y a plus de place, vous pouvez toujours essayer de vous faire passer pour une star ou un journaliste gastronomique, mais l'effet n'est pas garanti.

Si vous n'avez pas réservé et que l'on vous annonce que le restaurant est complet :

- ne faites pas de scandale en voyant des tables de libre, elles sont sûrement retenues pour plus tard ;
- ne demandez pas à voir le patron ;
- ne soudoyez pas le maître d'hôtel en lui promettant un gros pourboire.

Le comportement dans la salle

Que vous entriez dans un temple de la gastronomie ou *Chez Paulette*, sachez que vous allez être observée par les clients (et surtout les clientes) déjà attablés. Plus que dans tout autre lieu public, on détaillera vos gestes (entre deux plats, regarder les autres fait passer le temps !).

Petit rappel :

- On essaye d'être discrète pour ne pas déranger ceux qui dînent déjà.
- Si les tables sont trop serrées et qu'il faut que quelqu'un se déplace pour vous laisser passer, excusez-vous et remerciez.
- On éteint et on range son téléphone portable. Si on attend un coup de fil important, on met en mode « vibreur » et on s'isole au moment de l'appel (tant pis si le « chevreuil sauce grand veneur » vient de vous être servi).
- On ne parle pas trop fort et on ne rit pas à gorge déployée.
- On ne dévisage pas ses voisins de table (même si vous constatez que M. Martin est en compagnie de sa maîtresse).
- On ne montre pas de signe d'impatience si le serveur n'arrive pas immédiatement pour vous donner la carte.

LE PETIT PLUS QUI FAIT LA DIFFÉRENCE

Les hommes sont censés entrer en premier dans le restaurant et aider leur compagne à se débarrasser de leur manteau. Ils doivent aussi lui laisser la meilleure place (celle sur la banquette ou face à la salle, pour avoir « la vue ») et tenir sa chaise pour qu'elle puisse s'asseoir.

La commande

Pour certains, c'est un véritable dilemne... surtout quand il faut trouver un plat qui convienne à ses exigences gustatives, financières et diététiques (« Je prendrais bien un foie gras poêlé aux morilles et un magret de canard, mais c'est peut-être un peu lourd, non ? »).

- Même si vous êtes du signe de la Balance, essayez de ne pas mettre 1 h pour vous décider (surtout si tout le monde a déjà fait son choix).
- Une fois que la commande est prise, ne changez plus d'avis.
- Si vous ne savez pas ce qu'il y a dans le « koulibiac aux légumes », n'hésitez pas à poser la question.
- Vous pouvez demander si un petit changement est possible (des haricots verts à la place des spaghettis) mais restez dans certaines limites : ne réclamez pas la vinaigrette à part, le couscous sans semoule ou la sauce aux champignons... sans champignons.
- Si c'est vous qui invitez, laissez choisir sans faire de remarques, telles que : « On voit que c'est pas toi qui payes ! »
- Dans les restaurants très haut de gamme, la carte des femmes est dénuée de prix : si un homme vous invite dans ce genre d'endroit, c'est qu'il sait ce qu'il fait. Prenez donc ce qui vous tente. Vous vous doutez bien que « l'œuf mollet sur sa salade » coûte moins cher que « le chaud-froid de foie gras truffé ».
- Concertez-vous : il est impoli de commander une entrée quand les autres n'en prennent pas (ne les obligez pas à vous regarder manger). Si vous avez

vraiment très faim, proposez-leur de partager un « antipasti » ou demandez une salade en plus de votre plat principal. Au contraire, si tout le monde prend un premier plat et que vous n'en avez pas envie, commandez quand même une petite crudité ou quelque chose de très léger pour les accompagner.

- Une fois que vous avez choisi, fermez votre menu : le serveur comprendra le message.
- Si vous commandez du vin, entendez-vous pour trouver quelque chose qui convienne à tous les plats. Si tout le monde veut du vin rouge sauf celui qui a pris du poisson, demandez si le vin peut être servi au verre.

Le serveur

Parfois, il est si débordé que capter son regard pour demander l'addition, une bouteille d'eau ou être débarrassée relève de la mission impossible.

- Vous avez si faim que vous pourriez manger la nappe. Ce n'est pas une raison pour héler le serveur, agiter les bras ou lui crier « Hého !!! ». Il est également interdit de claquer des doigts, de taper son couteau contre son verre ou faire mine de se lever. Le bon comportement veut que l'on fasse un signe discret puisque c'est au garçon d'être attentif à ses clients. Si le service est vraiment déplorable, vous ne reviendrez pas (un point c'est tout !).
- Votre table doit être débarrassée une fois que tout le monde a terminé (pour donner le signal, rangez vos couverts à l'oblique dans l'assiette). Si cela tarde trop et que vous êtes pressée, faites des signes discrets.
- Si le maître d'hôtel vous demande : « Tout se passe bien ? », répondez que oui, à moins que vous ayez un réel problème (nourriture froide, plat immangeable, etc.). Dans ce cas, faites-le discrètement. Si votre « sauté de veau à la provençale » n'est pas à votre goût parce que le chef est mauvais, vous ne reviendrez pas (et toc !).

SITUATION DE CRISE : « IL Y A UN POIL SUR MA SOLE MEUNIÈRE »

Même si la chose est très désagréable, ce n'est pas la peine de pousser des cris d'orfraie, de vous lever d'un bond et de prévenir toute l'assemblée. Appelez un membre du personnel : de lui-même, il doit s'excuser et vous proposer de changer votre plat. Ce n'est pas pour cela que vous ne laisserez pas de pourboire ; en revanche, il serait bienvenu que la maison vous offre les cafés ou un digestif.

De même, si le vin est bouchonné, ne faites pas la grimace et ne recrachez pas dans votre verre. Demandez au sommelier ou au serveur de goûter lui-même : si, effectivement, le vin n'est pas bon, celui-ci vous le changera sans problème.

Manières de se comporter à table

Les règles de bienséance sont les mêmes qu'à domicile (voir p. 89) : ce n'est pas parce que vous n'avez pas de contraintes ni de préoccupations culinaires, ou encore parce que vous ne connaissez pas vos voisins de table que vous pouvez lécher votre assiette ou manger la bouche ouverte.

- Vos plats tardent à arriver et vous sentez venir la crise d'hypoglycémie... Demandez aux autres si cela ne les dérange pas que vous preniez un morceau de pain.
- Quand commencer ? L'idéal est d'attendre que tout le monde soit servi (c'est le boulot du serveur d'apporter tous les plats quasiment en même temps). Si votre entrée ou votre plat sont froids, c'est facile d'attendre. Si votre plat est chaud, ceux qui ne sont pas encore servis vous inciteront sûrement à commencer pour éviter que cela ne refroidisse. Attendez leur signal.
- Même si vous êtes dans un coin « fumeurs », n'allumez pas votre cigarette tant que les autres n'ont pas terminé de manger. Demandez-leur toujours l'autorisation avant de commencer. Veillez à ne pas souffler dans la direction de la table voisine mais dirigez la fumée vers le haut.
- N'écoutez pas la conversation des gens d'a côté, même si celle-ci est très intéressante ou qu'à votre table règne une ambiance glaciale.
- Vous ne devez ni vous recoiffer, vous parfumer ou vous remaquiller à table.

Régler la note

Il existe plusieurs situations : vous invitez, vous êtes invitée ou bien tout le monde paye sa part. Peu importe la solution, le tout est que la chose soit claire dès le départ.

Le partage

Rien de plus sordide que les querelles au moment de partager l'addition. La meilleure solution est de diviser le total par le nombre de personnes ou de couples.

Si vous n'avez pas bu de vin ou pas pris de dessert, vous ne devez pas le signaler. C'est aux autres de s'en rendre compte et de vous proposer une participation moindre. Bien entendu, si vous êtes en difficultés financières, expliquez-le franchement à vos amis.

Vous êtes invitée

S'il s'agit d'un homme (de plus, un fiancé potentiel), il doit payer discrètement. Si vous voulez lui faciliter la tâche, profitez du moment où arrive l'addition pour aller faire un tour aux toilettes. N'oubliez pas de le remercier chaleureusement.

Vous invitez tout le monde

Adoptez la discrétion (par exemple, allez régler la facture à la caisse) et ne faites pas les yeux ronds quand arrive la « douloureuse ». Montrez votre plaisir à avoir réuni tous ces amis autour de vous.

LE PETIT PLUS QUI FAIT LA DIFFÉRENCE

Cela ne se fait pas de recompter longuement l'addition. Évidemment, si elle vous paraît exorbitante, vous pouvez vérifier. Retenez-vous de faire des commentaires comme : « Ça fait cher pour deux haricots verts et un médaillon de veau grand comme mon ongle ! »

Pourboire

Il fut une époque où le pourboire participait à la paye de l'employé : aujourd'hui, ils sont quasiment tous salariés et le pourboire n'est plus qu'une tradition.

Il n'est absolument pas obligatoire (le service est toujours compris dans le prix) mais la coutume veut qu'on laisse toujours quelque chose pour marquer sa satisfaction. La norme est de laisser 5 à 10 % du montant de l'addition.

Retenez que :

— personne ne peut vous reprocher de ne rien donner ;

— si le service est vraiment déplorable, vous pouvez marquer votre insatisfaction en ne laissant pas de pourboire mais vous risquez de passer pour une mesquine ;

— si le service a été particulièrement bon, si vous avez été bien conseillée et que le garçon était très sympathique, vous pouvez lui marquer votre approbation en le récompensant généreusement (il se souviendra de vous la prochaine fois).

PETIT RAPPEL SUR LES POURBOIRES EN GÉNÉRAL

Cafés

Dans les cafés comme dans les restaurants, le service est compris dans l'addition. Un petit pourboire est tout de même apprécié (5 à 10 % de la note).

Taxis

Dans les taxis, il est d'usage (mais ce n'est en rien obligatoire) de laisser quelque chose au conducteur. De 50 c à 2 € selon la durée de la course (mais aussi la sympathie du chauffeur).

Théâtres

Dans les théâtres subventionnés, les ouvreuses n'ont pas le droit de prendre de pourboires. Dans les théâtres privés, elles les acceptent. La norme est d'environ 1 € par spectateur.

Coiffeurs

Il est courant de laisser un pourboire au coiffeur et éventuellement à la shampouineuse. Bien sûr, si vous avez aussi eu affaire au coloriste, à la manucure, à l'esthéticienne... la note peut s'avérer salée. Le montant de ce pourboire dépend beaucoup des tarifs du salon : il va de 1 à 5 € ou 10 € selon qu'il s'agit d'un figaro de quartier ou d'un très grand coiffeur (vos mèches vous coûtent déjà tellement cher que, finalement, vous n'êtes plus à 5 € près !). Tout dépend également de votre degré d'intimité avec lui : si vous le voyez toutes les semaines, vous réduirez le montant mais vous serez obligée de le rétribuer à chaque visite.

Livreurs

Une petite pièce donnée à un livreur est un geste courtois. Imaginez ce jeune garçon enfourchant sa Mobylette sous la pluie et risquant sa vie pour vous apporter votre « margarita double fromage » encore chaude ! Cela mérite bien une piécette. (*Idem* pour les dépanneurs qui vous sauvent la vie quand votre lave-linge n'essore plus.)

Stations-service

Celles où on fait le plein à votre place sont si rares que la question du pourboire ne se pose presque plus jamais : si vous trouvez un pompiste qui remplit votre réservoir, vérifie la pression de vos pneus et donne un coup de chiffon sur votre pare-brise, gratifiez-le d'une récompense : il fait partie d'une espèce en voie de disparition !

Au théâtre / au cinéma

On y vient pour apprécier un spectacle, on se doit donc de respecter quelques règles d'usage afin de ne déranger ni les artistes ni les autres spectateurs.

Arriver à l'heure

Au cinéma, si la séance a déjà commencé, vous pouvez entrer dans la salle et trouver une place au fond pour ne pas déranger les autres.

Au théâtre ou pour un concert classique, la ponctualité est primordiale : en arrivant en retard, vous allez déranger toute une rangée pour parvenir à votre place au milieu du rang et vous allez sûrement perturber les comédiens ou les musiciens.

Placez-vous sur un strapontin en fond de salle et attendez l'entracte pour rejoindre le fauteuil qui vous était attribué.

○ Éteindre son téléphone portable

Bientôt, des brouilleurs de lignes seront installés dans les salles de spectacles : c'est une bonne chose puisque bien des gens n'ont pas la politesse d'éteindre leur mobile. Imaginez votre honte si la sonnerie « Star Academy » se met à retentir au moment où Phèdre se suicide...

○ Ne pas s'endormir

Au cinéma, vous ne vexerez personne, vous aurez juste payé un peu cher votre petit somme. Au théâtre, la situation est plus gênante, surtout si vous êtes dans les premiers rangs...

Sur le même thème du relâchement corporel, ne retirez pas vos chaussures. Si vos jambes sont comprimées dans les sièges très étroits des théâtres, profitez de l'entracte pour les dégourdir.

○ Ne pas boire, ne pas manger

Au cinéma, la mode du pop-corn fait que les débuts de films sont souvent gâchés par des bruits de mastication (et l'odeur écœurante de caramel)... Si vous devez partager une méga-portion à plusieurs, ne farfouillez pas dans le pot pour en prendre un maximum à chaque poignée et ne vous battez pas pour savoir qui aura droit au dernier flocon.

Si vous mangez des bonbons, faites le moins de bruit possible en froissant le papier.

Ne jetez pas par terre l'emballage de votre cône-double-noisette, ne fourrez pas le bâton entre deux accoudoirs.

Au théâtre, on peut prendre une boisson ou un petit quelque chose à grignoter, mais seulement pendant l'entracte.

- Ne vous croyez pas dans votre salon : non, vous n'êtes pas seule dans la salle (à moins d'aimer les nanars). Gardez vos commentaires pour vous : votre voisin se fiche éperdument de savoir que vous avez compris qui est l'assassin.
- Si vous êtes immense, tassez-vous dans votre fauteuil pour ne pas boucher la vue de ceux qui sont assis derrière. De même, si vos jambes sont coincées, ne donnez pas de coups de genoux dans le dossier devant vous.
- Même si le film est drôle, ce n'est pas la peine de vous taper sur la cuisse. Si vous riez pour une chose qui n'amuse personne d'autre, essayez de le faire intérieurement.

MENTION SPÉCIALE : ATTITUDE PENDANT UN CONCERT POP-ROCK

Vous êtes venue applaudir votre idole dans un grand stade ou une salle gigantesque, c'est l'extase. Mais, même perdue dans la foule des milliers de spectateurs, noyée dans la fosse (aux lions), vous ne serez pas libre de vous laisser aller à votre « fan »-atisme. Pensez à :

- **ne pas écraser les pieds de votre voisine qui crie « Johnnyyyyyyyyyyyyy, je t'aime », sous prétexte que, vous aussi, vous l'aimez ;**
- **ne pas jeter d'objets personnels (culotte, photo avec n° de téléphone, etc.) sur la scène en espérant que la star vous remarquera ;**
- **ne pas défaillir si son regard croise le vôtre ;**
- **ne pas faire d'enregistrements pirates du concert ;**
- **ne pas vous fabriquer de faux badge « backstage » : vous vous feriez refouler et louperiez le début du concert.**

Au spa / au club de gym

Aujourd'hui, on se croirait revenus au temps des thermes romains : les occasions de prendre soin de son corps et de s'occuper de soi se multiplient. Comment se comporter dans un lieu où tout le monde est vêtu de Lycra bien moulant et transpire sans complexes ? Suivez le coach !

- Si cela vous gêne, vous n'êtes pas obligée de vous déshabiller dans les vestiaires et de vous balader nue devant tout le monde. Si vous n'habitez pas trop loin, passez votre tenue chez vous avant de vous rendre au club de gym et prenez votre douche en rentrant. Si vous ne le pouvez pas, choisissez un club où les vestiaires sont équipés de cabines.
- Ne regardez pas les autres pendant qu'elles se déshabillent pour juger si leur culotte de cheval est plus épaisse que la vôtre.
- Trouvez une tenue qui vous mette en valeur : les caleçons et les tee-shirts informes (notamment celui imprimé « Tour de France 1982 ») ne donnent pas envie de se regarder pendant 1 h dans le miroir de la salle.
- Pendant les cours, ne vous occupez pas des autres (juste assez pour ne pas leur rentrer dedans pendant les mouvements de step) : si vous êtes entourée de Bimbos body-buildées, ne complexez pas ; dites-vous que, si elles sont là, c'est parce qu'elles ne sont pas satisfaites de leur corps (bien fait !).
- Ne vous isolez pas : pédaler comme une folle sur un faux vélo en écoutant votre I-pod et en regardant les clips de MTV limite le dialogue.
- Si vous faites un sauna ou un hammam, gardez au moins un bikini, ne serait-ce que par question d'hygiène.
- Si vous vous offrez un massage, ne poussez pas des cris orgasmiques même si Miguel et ses mains d'or font des merveilles sur vos muscles tout contractés.

À la plage / à la piscine

Ce n'est pas parce que tout le monde est quasi nu et en vacances que l'on est autorisée à faire n'importe quoi.

- Vous arrivez sur une plage bondée : même si le centimètre carré est rare, ne vous collez pas aux serviettes de ceux qui sont déjà installés.

- Ne plantez pas un campement qui pourrait gêner vos voisins : même si vous avez envie de tout votre confort, ne dressez pas de tente, n'installez pas de barbecue, ne faites pas l'animation musicale du coin avec votre radio.
- Ne secouez pas votre serviette pleine de sable près de quelqu'un.
- En partant, ramassez vos mégots, barquettes de frites et autres bouteilles. Pensez à l'avenir de la planète : n'enterrez rien dans le sable et ne jetez rien à l'eau.
- Ne demandez pas aux autres de surveiller vos enfants pendant que vous allez barboter, c'est une trop lourde responsabilité.
- Étalez votre crème solaire toute seule : à moins d'avoir des vues sur l'apollon huilé qui jouxte votre serviette, réservez cette tâche à quelqu'un que vous connaissez bien.
- Ne plongez pas en faisant de gros « plouf » : on ne peut le tolérer que chez les enfants et les ados.
- Pour jouer au beach-volley, éloignez-vous des gens.
- Ne faites pas de commentaires à voix haute sur les autres baigneurs (par exemple, ne jouez pas à « Vrais ou faux seins ? » en détaillant les autres femmes) ; ne croyez pas non plus que vous pouvez mater les beaux spécimens parce que vous portez des lunettes noires (on remarquera que vous fixez toujours la même direction).
- Ne faites pas pipi dans l'eau.
- Portez un maillot de bain décent (il faut être à Copacabana pour oser le brésilien sans problème).

À l'hôtel

Ce n'est pas parce que vous n'êtes pas chez vous, que quelqu'un d'autre fera la chambre que vous pouvez tout vous permettre.

- Ne sautez pas sur les lits pour les tester.
- Ne laissez pas vos affaires traîner partout : la femme de chambre doit pouvoir faire le lit sans avoir à déplacer un monticule de vêtements.
- Si vous souhaitez que l'on change les serviettes, laissez-les par terre, sinon suspendez-les.
- Seules les stars internationales peuvent avoir des exigences extravagantes : à l'hôtel des Grillons Bleus, vous ne demanderez pas que la chambre soit repeinte parce que vous n'aimez pas le vert amande des murs. Ne réclamez pas non plus que l'on change le lit de place pour respecter la circulation des ondes comme le dit votre prof de Feng Shui.
- Si le petit déjeuner est servi dans la salle à manger, ne descendez pas en peignoir de bain, ni en chemise de nuit.
- N'essayez pas de voler les serviettes ou les cendriers marqués du sceau de l'hôtel : vous risqueriez de les voir ajoutés à votre facture. S'ils vous plaisent vraiment, renseignez-vous pour savoir si l'établissement ne les commercialise pas.
- Si vous rentrez tard ou partez très tôt, ne faites pas de bruit dans les couloirs.
- Ne profitez pas du fait que vous ne connaissez pas vos voisins de chambre pour vous lâcher lors de vos ébats nocturnes.
- Si vous regardez la télévision, ne mettez pas le son trop fort.
- Vous pouvez demander des services au concierge (plan de la ville, horaires de trains, restaurants réputés, etc.) sans aller trop loin (adresses des clubs échangistes, se faire livrer des sushis à 4 h du mat', vous chanter une berceuse parce que vous ne trouvez jamais le sommeil ailleurs que dans votre propre lit...).

EN CLUB DE VACANCES, EN CAMPING

- Ce n'est pas parce que le buffet est à volonté qu'il faut se remplir 10 assiettes pour ne manger que quelques bouchées.
- Si vous n'avez pas envie de jouer à la course en sac, refusez poliment sans vous la jouer « je-ne-me-mêle-pas-à-la-plèbe ».
- Vous savez que les clubs sont réputés pour leur grand nombre de célibataires : ne sautez pas sur tout ce qui bouge sous prétexte qu'ils l'ont bien cherché en venant ici.
- Au camping, on redouble d'attention envers son voisinage : on laisse les sanitaires propres, on jette ses poubelles dans les containers, on ne reste pas 2 h sous la douche. De plus, il est vivement recommandé de garder une certaine réserve : on ne sort pas de la tente en culotte, on ne met pas la sono à fond, on ne s'engueule pas avec son amoureux au milieu de la nuit.

En avion / en train / en bateau...

Vous avez quelques heures à passer dans ce wagon / cet Airbus / ce ferry : dans un espace confiné, certains comportements sont encore plus gênants qu'ailleurs. Soyez une voyageuse modèle.

- Quel que soit le moyen de transport, on prend la place qui nous a été attribuée. Si l'on commet une erreur et que l'on occupe celle de quelqu'un d'autre, on vérifie poliment, on s'excuse et on cherche son propre siège.
- Ne basculez pas complètement votre fauteuil pour vous en faire une couchette, vous gêneriez le voyageur assis derrière vous. Si la personne devant vous est quasiment allongée, il n'est pas impoli de lui demander de bien vouloir se redresser un peu.
- Bien entendu, on ne fume pas (même dans les toilettes).
- Si l'on est accompagnée d'enfants, on fait tout son possible pour les occuper et les calmer en cas de crise.

- Si l'on apporte son casse-croûte pour un trajet en train, on réfléchit à deux fois avant d'utiliser ses restes de munster.
- Vous avez oublié de composter votre billet, soyez honnête et prévenez le contrôleur dès que vous le pouvez (peut-être que votre bonne foi vous évitera une amende).
- Si vous êtes terrorisée en avion, prenez un léger sédatif. Ne vous accrochez pas au bras de votre voisin au moment du décollage en évoquant les derniers accidents aériens.
- Vous n'êtes pas obligée de faire la conversation : souriez de façon aimable, répondez de manière laconique et plongez-vous dans la lecture, écoutez votre baladeur ou sombrez dans le sommeil.
- Si vous souhaitez augmenter la climatisation, ouvrir une fenêtre ou tirer un rideau, demandez si cela ne gêne personne.
- En bateau, si vous êtes malade, restez discrète (on s'installe près des toilettes pour ne pas avoir à traverser la salle en courant). Si les autres sont malades, ne le relevez pas.

SITUATION DE CRISE : « QUI DOIT MONTER DANS CE TAXI ? »

Il arrive parfois que les files d'attente des taxis soient assez confuses... les gens ne respectant pas l'ordre d'arrivée et essayant de ruser pour doubler les autres.

• Ne cherchez pas à attraper un taxi au vol avant la station la plus proche en espérant éviter la dizaine de personnes qui attendent là-bas.

• Ne cherchez pas à doubler qui que ce soit en faisant comme si vous n'aviez pas vu les autres.

• Si l'on cherche à vous passer devant, soyez polie mais ferme (dites gentiment au malotru qu'il n'a sûrement pas compris dans quel sens la file d'attente se prenait).

• Si deux personnes hèlent au même moment un taxi libre, l'homme laissera la femme y monter. Si ce sont deux femmes, la plus âgée aura la priorité (si elles sont du même âge, c'est celle qui porte le plus de paquets... si elles n'ont pas de paquet, elles peuvent tirer à la courte paille).

• Si l'on arrive devant une file de taxis, on prend celui qui est en tête, même si on n'aime pas le modèle de la voiture ou que la tête du chauffeur ne vous inspire pas confiance...
• Si le chauffeur n'accepte pas les animaux, s'il ne veut pas charger plus de 2 personnes, vous pouvez râler mais en aucun cas donner un grand coup de pied dans son pare-chocs.

Une fois dans le taxi...
• Si vous avez un itinéraire préféré, indiquez-le au conducteur. Bien entendu, il connaît sûrement mieux que vous le trafic en ville, les raccourcis, les astuces. En général, il est bon de lui faire confiance. Si vous tenez vraiment à passer par un chemin particulier, demandez-le-lui en justifiant votre choix (passer devant un monument, vérifier si les lumières sont allumées chez votre amant, etc.).
• Vous n'êtes pas obligée de faire la conversation (certains sont prêts à vous raconter les anecdotes de 20 ans d'exercice). Si vous préférez rester tranquille, répondez de manière laconique afin qu'il comprenne que vous n'êtes pas d'humeur à discuter.
• Vous pouvez lui demander gentiment de baisser le son de sa radio ou de sa Cibie.
• Respectez son véhicule (ne fumez pas, ne faites pas de miettes...).
• Il est d'usage de laisser un pourboire à un chauffeur sympathique et efficace.

En boîte de nuit

Que vous soyez une diva du *dance floor* ou que vos talents se limitent à *La Danse des canards*, votre comportement dans une boîte de nuit doit être soumis à quelques règles :

— À la porte, à moins d'être vraiment une vedette, on ne double pas tout le monde et on ne plaque pas deux grosses bises sur les joues du physionomiste pour faire croire qu'on est intimes ; on dit juste « bonsoir » poliment.

— Si une tenue sexy et *fashion* est recommandable, le micro-short à paillettes est à réserver aux filles catégorie Élite.

— Bouger son corps comme une gogo-danseuse vous fera remarquer, certes. Pas forcément pour votre grâce et votre charme.

— Parler est très difficile quand le volume de la sono atteint les 105 décibels (rappel : un avion qui décolle en produit 120) : n'espérez pas échanger des propos autres que « Ça va ? », « Qu'est-ce que tu bois ? » et *« Les lueuuuuuurs du phaaaaare d'Alexxxxx andrie... »*.

— Surveiller toujours son verre. La drogue des violeurs n'est pas un mythe.

— On ne va pas demander au DJ de passer sa chanson préférée. On vérifie qu'il ne s'agit pas d'une vedette avant de déclarer que sa musique est « naze ».

— Ne vous lancez pas dans la chorégraphie que vous avez apprise en cours de samba : à moins que la boîte ne soit déserte, vous écraseriez trop de pieds et donneriez trop de coups de coudes.

15 ASTUCES POUR S'AMUSER AVEC ÉLÉGANCE

1. Sachez vous tenir.

Au restaurant, ne faites pas de commentaires sur ce que mangent vos voisins de table.

2. Ne picorez pas dans l'assiette de votre chéri.

Même pour satisfaire votre curiosité culinaire, surtout si vous devez passer au-dessus d'une forêt de verres.

3. Ne vous moquez pas.

Dans une soirée karaoké, ne vous tordez pas de rire ou ne vous bouchez pas les oreilles en entendant les autres chanter. Vous ferez moins la fière quand ce sera votre tour.

4. Restez à votre place.

Sur un court de tennis, si l'arbitre de touche dit « Fôôôôte », ne vous la jouez pas John Mc Enroe.

5. Soyez juste.

Au bal du village, si l'on refuse une valse au pauvre Jean, on n'accepte pas la même valse avec le beau Georges.

6. Si vous dînez seule au restaurant, pas la peine de vous donner une contenance en faisant semblant de téléphoner.

Il faut être schizo pour arriver à soutenir une conversation à haute voix avec soi-même.

7. Prise d'une quinte de toux au théâtre, essayez de vous faire discrète.

S'il le faut, sortez un petit moment plutôt que de déranger tout le monde pendant la « tirade du nez ».

8. Soyez bonne joueuse.

Ce n'est pas parce que vous avez perdu au Scrabble contre Michel (le dyslexique) que vous devez bouder tout l'après-midi.

9. Soyez sympa.

En sortant du cinéma, ne racontez pas la fin du film à ceux qui font la queue pour la séance suivante.

10. Soyez bonne joueuse bis.

Si vous perdez 13 à 0 votre partie de pétanque, la tradition veut que vous embrassiez l'image des fesses de Fanny. Ne faites pas de caprice pour embrasser aussi celle de Miguel.

11. Pendant une soirée télé, ne zappez pas maladivement.

L'Homme avait peut-être envie de regarder ce reportage sur les fouilles archéologiques en Mésopotamie orientale.

12. Ne faites pas votre intéressante.

S'il est écrit « Baignade interdite », on ne se baigne pas, même pour attirer l'attention du sauveteur bâti comme David Hasselhoff.

13. Ne crânez pas.

Dans un concert feutré, ne chantez pas tous les hits à tue-tête pour bien montrer que vous les connaissez par cœur.

14. Restez correcte.

En assistant à un match de foot, criez, applaudissez, encouragez votre équipe mais n'insultez pas l'arbitre, même s'il n'avait pas vu le hors-jeu !

15. Restez simple.

Ce n'est pas parce que vous avez gagné un week-end au *Martinez* en tirant le bon numéro à la tombola du CE que vous devez vous prendre pour une star.

chapitre 9

Petit glossaire du nouveau savoir-vivre

Amour (faire l')

À la manière de la Baronne

Cela ne nous regarde pas (voir *discrétion*).

À la manière des paresseuses

On fait ce qu'on veut, quand on veut, où l'on veut. Le tout est de se protéger et de ne pas déranger les voisins. Ni de faire circuler des vidéos compromettantes sur Internet.

Belle-maman

À la manière de la Baronne

On s'efforce de garder des rapports courtois avec celle qui a enfanté l'Homme (quitte à prendre beaucoup sur soi). On écoute ses conseils, on respecte ses opinions, on l'accueille avec générosité.

À la manière des paresseuses

On fait tout ce que l'on peut pour que tout se passe bien. On n'hésite cependant pas à dire clairement ce que l'on pense :

— non, il n'est pas normal que Robert passe tous les soirs 1/2 heure au téléphone avec sa Môman pour lui raconter sa journée ;

— non, on ne veut pas mettre un sous-pull à Bibounet alors qu'il a déjà deux sweat et une polaire ;

— non, on ne veut pas sa recette de blanquette (« Celle de MA maman est très bien »).

Bise (faire la)

À la manière de la Baronne

On ne fait la bise qu'à ses proches (enfants, parents...). La bienséance veut que l'on salue les simples connaissances par un serrement de main.

À la manière des paresseuses

La bise est devenue une sorte de rituel d'ouverture et de fermeture d'une rencontre – le degré de proximité nécessaire avec la personne embrassée s'étant beaucoup relâché. En revanche, quelques règles se dégagent :

— faire vraiment la bise ou au moins émettre le son d'un « smack », pas seulement tendre la joue ;

— se limiter à deux bises, quelle que soit sa région d'origine ;

— bien viser ;

— ne pas baver.

Couverts à poisson

À la manière de la Baronne

Le couteau ressemble à une petite pelle ; la fourchette possède 3 dents (au lieu des 4 habituelles). Leur forme particulière permet de mieux détacher la chair délicate du poisson. Ces couverts font partie intégrante de la ménagère de base de toute maîtresse de maison digne de ce nom (en argenterie de préférence). À disposer autour des couverts traditionnels si l'entrée est un poisson et le plat principal une viande ; près de l'assiette si le plat est un poisson.

À la manière des paresseuses

Pas besoin de couverts spéciaux pour manger votre croquette Findus du vendredi. Si, malgré tout, vous voulez respecter la tradition et que vous en possédez, réservez-les à vos tables « d'exception » ; vos invités considéreront ainsi :

1. que vous avez du « matos » ;

2. que vous savez vivre.

Si, au cours d'un dîner, vous êtes en présence de ces couverts que vous ne connaissez pas :

1. attendez de voir comment les autres s'en servent pour commencer à manger ;

2. n'utilisez pas le couteau comme miroir pour vérifier que vous n'avez pas un morceau d'aneth coincé entre les dents.

Discrétion

À la manière de la Baronne

La discrétion fait partie des vertus cardinales du savoir-vivre (avec respect d'autrui, courtoisie et maintien). Elle est une forme de tact, de retenue, de délicatesse qui incite à ne pas déranger les autres, à ne pas se faire remarquer, à ne pas révéler les secrets d'autrui. Par exemple : au restaurant, faire comme si l'on n'avait pas remarqué M. Dubois dînant avec une femme aux mensurations tout à fait différentes de celles de Mme Dubois.

À la manière des paresseuses

La discrétion est une valeur qui traverse les époques : elle est encore très recommandable aujourd'hui bien que l'on soit dans une société où l'on s'expose beaucoup plus. Paradoxalement, plusieurs choses peuvent se faire plus discrètement qu'avant : au lieu de fouiller les poches de l'Homme pour y trouver tout indice prouvant un adultère, vous pouvez consulter ses comptes bancaires en ligne pour y traquer les notes d'hôtels louches.

Élégance

À la manière de la Baronne

Qu'elle soit morale, physique, relative au comportement ou à la tenue, l'élégance est une attitude qui contribue à donner une bonne image de soi, en évitant toute forme de vulgarité. Un de ses grands principes est de toujours adapter sa tenue aux circonstances.

À la manière des paresseuses

Elle est toujours synonyme d'harmonie, de sobriété et de simplicité : en revanche, aujourd'hui, les décalages sont permis. Un jean peut être accepté dans une soirée s'il est porté avec grâce.

Attention ! laisser dépasser son string n'est en aucun cas élégant, même s'il est brodé d'un papillon en strass.

Gosses (sales)

À la manière de la Baronne

Les enfants disent « Bonjour-Madame-Merci-Madame-Aurevoir-Madame », sans qu'on leur demande. Ils ont la raie sur le côté et le cheveu bien lissé.

À la manière des paresseuses

Si Bibounet est barbouillé de feutre, on dit : « Il exprime son génie créatif. »

S'il refuse de dire bonjour, on dit : « Sa thérapie n'est pas encore terminée. »

S'il fait un caprice en public, on dit : « Il est déjà soumis à la pression de notre société de consommation. »

S'il est insupportable, on lui donne une fessée et au lit !

Haleine

À la manière de la Baronne

Il est important de veiller à ne pas importuner son interlocuteur si l'on souffre de mauvaise haleine. On soigne ses dents et on est rigoureux sur leur hygiène.

À la manière des paresseuses

Il est recommandé de surveiller de près ses émanations buccales.

Même s'il s'agit de masquer une haleine de chacal, on ne mâche pas un chewing-gum à effet « *mint storm* » pendant que l'on discute.

On ne demande pas à quelqu'un de sucer une pastille de menthe si sa bouche a des relents d'égout. On le fait discrètement en en prenant une soi-même avant de lui en proposer.

Improviste

À la manière de la Baronne

Débarquer à l'improviste chez des gens ne se fait pas. Point. On prévient à l'avance de sa venue, ne serait-ce que pour s'assurer que la personne n'est pas occupée ou dans une situation compromettante.

À la manière des paresseuses

En règle générale, on n'arrive pas sans prévenir. Surtout depuis l'invention du SMS, qui permet un échange rapide et informatif : « Je pass prendre 1 kfé ? – Non, suis avec mon amant. »

Si quelqu'un sonne chez vous sans avoir pris de précautions, vous pouvez :

a) l'accueillir si vous en avez le temps et l'envie ;

b) lui demander de repasser plus tard parce que, là, vous attendez les 20 mn de pose de votre masque à la moelle de bœuf – tant pis pour lui.

Médor

À la manière de la Baronne

On n'amène pas son chien avec soi pour se rendre chez des amis (à moins qu'il ne s'agisse d'une chasse à courre).

À la manière des paresseuses

On n'impose pas son chien-chien, même s'il ne dépasse pas du sac à main et même s'il a été « casté » pour une pub Canigou.

Si votre caniche prend le mollet de votre interlocuteur pour une femelle en chaleur, ne le regardez pas faire avec fierté (« Et k'est-ce ki-fait, le kiki à sa maman ???). Apprenez-lui les bonnes manières.

Mots magiques : *s'il vous plaît, merci, bonjour, au revoir...*

À la manière de la Baronne

On apprend ces mots dès la petite enfance, pour qu'ils deviennent automatiques, du style « réflexe de Pavlov ».

À la manière des paresseuses

On apprend ces mots dès la petite enfance, pour qu'ils deviennent automatiques, du style « réflexe de Pavlov ». On les apprend même en plusieurs langues, pour se préparer à la mondialisation.

Poils (dans le lavabo)

À la manière de la Baronne

Cela ne peut pas arriver. On vérifie la salle de bains après son passage, on rince la baignoire et on éponge la mare que l'on a laissée.

À la manière des paresseuses

Quand on ne vit pas en solo, on laisse la salle de bains nickel. On ne fait pas sécher ses strings aux poignées de porte (même s'ils sont très jolis), on ne vide pas le ballon d'eau chaude pour se faire un hammam *at home*.

Si quelqu'un trouve un poil dans le lavabo, on peut s'écrier : « Je ne le reconnais pas, il n'est pas à moi ! »

Retard

À la manière de la Baronne

On s'arrange pour ne pas être en retard. Si, par malheur, cela arrivait, on prévient et on s'excuse.

À la manière des paresseuses

On s'arrange pour ne pas être en retard d'autant que de nombreux moyens sont mis à notre disposition pour nous organiser :

— on prépare son itinéraire sur Internet / on a un GPS dans sa voiture ;

— on appelle depuis son portable pour prévenir ;

— on utilise du « Liss Tif » pour accélérer la durée du brushing ;

— on ne se change pas pour aller dîner, on accroche juste une broche-fleur sur sa veste.

Voiture

À la manière de la Baronne

On conduit en respectant le Code de la route et en appliquant les principes de courtoisie usuels envers les autres conducteurs.

À la manière des paresseuses

Si l'on tient à sa vie, à son permis et à son compte en banque, on respecte à la lettre les limitations de vitesse, les stops, les feux rouges et tous les panneaux qui surgissent devant vous juste pour vous embêter. De plus :

— on ne sourit pas quand on croise un radar pour être bien sur la photo ;

— on ne jette pas brusquement son téléphone quand on croise un policier alors qu'on papotait sans kit « main libre » (on peut toujours continuer à parler très fort pour que son interlocuteur comprenne la situation) ;

— on ne prend pas sa voiture pour faire 100 m, même s'il pleut.

Table des matières

chapitre 9

Photocomposition Nord Compo

Imprimé en Italie
par « La Tipografica Varese S.p.A. » Varese
ISBN : 2501-04336-7
Dépôt légal: 66690 – Décembre 2005
40.9290.4/02